連合艦隊西進す５

英本土奪回

横山信義

Nobuyoshi Yokoyama

C★NOVELS

扉　画　佐藤道明
地図・図版　安達裕章
編集協力　らいとすたっふ

目次

60°N
スカンジナビア半島
スカゲラック海峡
北 海
ユトランド半島
ヴィルヘルムスハーフェン
キール
ハンブルク
ブレーマーハーフェン
ブレーメン
ベルリン
ハノーバー
アムステルダム
ライプツィヒ
デュッセルドルフ
ドレスデン
ボン
フランクフルト
50°N
10°E

英国本土周辺図

10°W
スカパ・フロー
エジンバラ
マン島
ブラックプール
サウスポート
フォームビー
プレストン
ダブリン
フラムバラ岬
マンチェスター
リヴァプール
コーク
セント・ジョージ海峡
バーミンガム
ブリストル湾
ブリストル
ロンドン
ランズエンド岬
コーンウォール半島
ポーツマス
ダンケルク
ドーバー海峡
カレー
プリマス
ルアーブル
ブレスト
0°

連合艦隊西進す5

英本土奪回

第一章　地中海の壁

1

陸軍三式戦闘機「熊鷹《くまたか》」が、順次《じゅんじ》離陸を開始した。

元々、艦上機として開発された機体だけに、滑走距離は短い。

米国製二〇〇〇馬力エンジンの音を轟《とどろ》かせ、二〇〇メートル前後の距離を駆け抜けたところで、着陸脚が大地から離れる。

逆ガル形という特異《とくい》な主翼形状を持つ戦闘機が、イタリア領シチリア島の北岸上空を飛翔《ひしょう》する。

「あれかな、敵の目標は?」

陸軍飛行第三戦隊の第三中隊長原口譲《はらぐちゆずる》大尉は、右下方を見やった。

パレルモの港に、二〇隻以上の輸送船《ゆそうせん》と護衛の小型艦艇が入港している。

シチリア島の攻略後、島西部の守りに就《つ》いている第三八師団と独立混成第二五、二六旅団、第六飛行師団、海軍第一二根拠地隊への補給物資を運んで来た船団だ。

連合軍がシチリア島を制圧した後、枢軸軍《すうじく》は専《もっぱ》らパレルモ、カターニアの飛行場と、補給物資を運んで来る輸送船を標的に、攻撃を繰り返した。

飛行場には、四発重爆撃機のアブロ・グライフと双発高速爆撃機デ・ハビランド・ヴュルガーが用いられ、輸送船には、Uボートによる海中からの襲撃とヴュルガーの爆撃が併用《へいよう》された。

この日——昭和一九年二月一三日、パレルモに来襲した敵機の目標は、まだ分からなかった。

「『鷹匠《たかじょう》』より『鷹《たか》』。『百舌《もず》』約五〇羽。現在位置、『鳥小屋《とりごや》』より三四五度、二〇キロ。高度二〇〇」

パレルモの指揮所から、無線電話機を通じて情報が伝えられる。

ヴュルガー約五〇機が、高度二〇〇メートルの低空よりパレルモに迫りつつあるのだ。

「目標は輸送船だな」

原口は呟《つぶや》いた。

飛行場への攻撃は、グライフによる高高度爆撃との二本立てが多い。ヴュルガーのみの攻撃であれば、目標は輸送船と推測される。

「小宮《こみや》一番より全機へ。続け！」

戦隊長小宮剛《たけし》少佐の声が、無線電話機のレシーバーに響いた。

飛行第三戦隊の三式戦「熊鷹」は四八機。うち五機がエンジン不調で出撃を見送られたため、現在は四三機が上がっている。

逆ガル翼の機体が、次々と左に旋回し、パレルモの沖へと向かってゆく。

昨年八月、第三段作戦が発動された時点では、「熊鷹」の装備部隊はまだ少なかった。

第六飛行師団の上位部隊である第四航空軍の下に、独立飛行第五五中隊の熊鷹一八機が試験的に配備されただけであり、一式戦闘機「隼《はやぶさ》」と二式単座戦闘機「鍾馗《しょうき》」が陸軍戦闘機隊の主力を占《し》めていた。

だが、第三段作戦が終わり、第四航空軍がシチリア島に前進した現在、戦闘機隊の主力は熊鷹に代わっている。

導入時の模擬《もぎ》空戦で隼や鍾馗を圧倒したということもあるが、トリポリ上空の空中戦で、来襲したヴュルガー多数を撃墜した実績《じっせき》がものを言ったのだ。

「米国製の機体に頼っていたのでは、我が国の軍用機技術が育たないのではないか」

そう危惧《きぐ》する声もあったが、

「長年、米国を仮想敵と考えて来た海軍でさえ、米国製兵器を導入している。勝利のために必要ならば、導入を躊躇《ためら》うべきではない」

との意見が陸軍上層部の大勢《たいせい》を占めたため、熊鷹の装備が急速に進められたのだ。

その機体が今、パレルモの北北西海上で旋回待機し、敵機を待《ま》ち構《かま》えている。

高度は一〇〇〇メートル。

戦闘機の待機高度としては低めだが、海面付近から侵入して来るヴュルガーに対しては、低空で待ち受けるのが有効だ。

「小宮一番より全機へ。正面に敵機！」

レシーバーに、戦隊長の太い声が響いた。

原口は正面を見据《みす》えた。

水平線の向こうから湧《わ》き出すように、多数の黒点が出現している。

一つ一つが左右に広がり、航空機の姿を整える。

丸っこい機首と、見るからに馬力がありそうな太いエンジン。

六飛師がパレルモに進出して以来、何度となく銃火を交えたヴュルガーだ。

「おや……？」

原口は違和感を覚《おぼ》え、目を擦《こす》った。

指揮所は敵の高度を二〇〇〇メートルと伝えていたが、見たところ、熊鷹との高度差がほとんどない。

前方に立ち塞《ふさ》がる熊鷹を恐れる様子もなく、真《ま》っ向《こう》から向かって来る。

「全機、散開！」

小宮が、狼狽《ろうばい》したような声で叫《さけ》んだ。

直後、ヴュルガー群の先頭集団が機首に発射炎を閃《ひらめ》かせた。

太い火箭《かせん》が噴き延び、熊鷹に殺到して来る。

戦隊は、各小隊毎《ごと》に分かれて散開するが、二機がかわし損《そこ》ねた。

一機は敵弾の奔流《ほんりゅう》に呑み込まれ、ガラス細工《ざいく》のように砕けた。分断《ぶんだん》された主翼や胴体、エンジン・ブロックが、白煙を引きながら海面に落下した。

もう一機は、左主翼を付け根付近からもぎ取られた。片方の揚力《ようりょく》を失った機体が、錐揉《きりも》み状に回転しながら墜落し始めた。

「三中隊、続け！」

熊鷹二機が相次《あいつ》いで墜落したときには、原口は麾《き》下《か》の七機に下令《かれい》している。

操縦桿《そうじゅうかん》を大きく右に倒し、急角度の水平旋回をかけ、敵機の狙《ねら》いを外しにかかる。

ヴュルガーの編隊が、猛速で突っ込んで来る。これまでに戦った機体よりも、速度性能が高い。

(鷹が百舌に負けたんじゃ話にならんな)

そう考えつつ、原口は第三中隊の七機を、敵編隊の側方に回り込ませた。

第二小隊は小隊長の鈴木正雄《すずきまさお》曹長に委《ゆだ》ね、自身は直率《じきそつ》する第一小隊の三機を率いて、ヴュルガーに突進する。

回り込んで来る熊鷹に気づいたのだろう、ヴュルガー四機が左旋回をかけ、原口の小隊に機首を向ける。旋回格闘戦を挑《いど》まんとする動きだ。

(奴らの任務は爆撃じゃない)

敵機の動きから、原口はそのことを悟《さと》っている。

これまでに対戦したヴュルガーは、自衛用の火器を持たない爆撃機型、爆弾搭載量はやや小さい反面《はんめん》、機首に火器を装備した戦闘爆撃機型があるが、今、自分たちが戦っている機体は、どちらにも属さない。

空中戦を主任務とする双発戦闘機だ。

攻撃目標は、輸送船でも飛行場でもない。パレルモに展開する戦闘機隊だ。

「二、三、四番、続け!」

原口は後続する三機に呼びかけ、操縦桿を大きく左に倒した。

熊鷹が急角度の左旋回をかけ、ヴュルガーの内側へと回り込む。

旋回格闘戦を得意とする機体ではないが、運動性能の高さは、双発の重戦とは比較の段ではない。原口の小隊は、敵機の内懐《うちぶところ》に食い下がってゆく。

原口は、照準器《しょうじゅんき》の白い環《わ》の中に敵一番機を捉《とら》えている。

もう少しで発射できる——そう思い、発射ボタンを押そうとしたとき、不意《ふい》に敵一番機が視界から消えた。

後続する三機も加速している。敵は、フル・スロットルでの離脱にかかったのだ。

原口は舌打ちしながらも、機関砲の発射ボタンを押した。

両翼の前縁《ぜんえん》に発射炎が閃き、青白い曳痕《えいこん》がほとばしった。

ブローニング一二・七ミリ機関砲六門の射撃だ。

圧倒的な弾量で、網《あみ》をかけるように敵機を押し包む。

一二・七ミリ弾が、ヴュルガー四番機の後部を捉えた。

胴体後部に火花が散り、破片が飛び散った。

速力が落ち、小隊から落伍《らくご》したヴュルガーに、原口が追いすがる。

距離を詰《つ》め、敵機の左後方から一連射を浴びせる。

左のエンジン・ナセルから大量の黒煙が噴出《ふんしゅつ》し、プロペラが停止した。

ヴュルガーは左に大きく旋回しながら、急速に高度を落とす。

速度性能が高く、捕捉が難しい機体だが、ようやく一機を墜《お》としたのだ。

「中隊長殿、右上方！」

警報が、レシーバーに飛び込んだ。原口の二番機を務める佐藤恒夫《さとうつねお》少尉の叫び声だった。

敵機に視線を向けるより早く、身体が動いた。操縦桿を右に倒し、急旋回をかけた。

一瞬遅れて、太い曳痕の束が、原口機の左の翼端をかすめた。

ヴュルガーが自《みずか》らの射弾を追うようにして、原口機の左脇をかすめる。

敵機の攻撃は、それだけでは終わらない。

右旋回をかける原口機を追うようにして、敵弾が降り注ぐ。

大口径の機関砲を機首に集中しているためだろう、複数の火箭が寄り集まった、太い棍棒《こんぼう》のようだ。

当たれば、一撃で打ち砕かれる。熊鷹が放つ一二・七ミリ弾の投網《とあみ》とは異なる凄《すご》みを感じさせた。

ヴュルガーの二、三、四番機が、続けざまに原口機の脇を抜け、急降下によって離脱する。

敵弾は、原口機の主翼や胴をすれすれにかすめるが、被弾はない。

「原口三番より一番、敵一機撃墜！」

「原口四番より一番、敵一機撃墜！」

原口のレシーバーに、弾《はず》んだ声で報告が入った。

三番機に乗る新井《あらい》勉《つとむ》軍曹と四番機に乗る井森《いもり》啓《けい》太《た》伍長の声だった。

原口機よりも下方に占位《せんい》し、離脱を図《はか》るヴュルガーに、横合《よこあ》いからの射弾を浴びせたのだ。

第一小隊は、合計三機を墜とした計算になる。

「中隊長殿、敵機が！」

佐藤が注意を喚起《かんき》した。

原口は、周囲を見渡した。

戦っているうちに、空中戦の戦場はパレルモに近づいていたようだ。

海上だけではなく、市街地の上空でも戦闘が繰り広げられている。

ヴュルガーの動きは直線的だ。

ひたすらまっすぐ突っ込み、熊鷹に機首からの一連射を浴びせて離脱する。

一方の熊鷹は、運動性能を活《い》かしてヴュルガーに立ち向かう。急旋回をかけて敵弾をかわし、敵機の側方や背後から一撃を見舞《みま》う。

ヴュルガーの機関砲弾に粉砕された熊鷹の破片が、パレルモ沖の海面にばら撒《ま》かれて飛沫《しぶき》を上げ、片方のエンジンを破壊されたヴュルガーが市街地に墜落し、地上建造物の間から、炎と黒煙が立ち上る。

乱戦の中、飛行場に向かう機影に原口は気づいた。

一〇機前後のヴュルガーが高度を下げつつ、滑走路の北端を目指している。地上を銃撃しようとしている動きだ。

「原口二、三、四番、続け。飛行場に向かう！」

三人の部下に命じ、原口はエンジン・スロットルを開いた。旋回に伴《ともな》って速度が低下した機体が、一気に加速された。

三〇分ほど前に離陸した飛行場が、みるみる近づいて来る。

ヴュルガーの編隊とは正反対に、滑走路の南端付近を目指す。

敵編隊は突撃態勢に入っている。駐機場や無蓋掩《むがいえん》体壕《たいごう》に収められている機体を狙っていると思われた。

「やらせるか！」

一声叫び、原口はヴュルガー群の前上方から突進した。

ヴュルガー群の前方に位置する数機が機首を引き起こし、発射炎を閃かせる。火の玉を思わせる曳痕が、突き上げるように殺到する。

原口は、操縦桿を右に、左にと倒した。

態鷹の機体が振り子《ふこ》のように振られ、ヴュルガーの射弾をかわした。

敵機の頭上から押し被さるようにして、一連射を叩き込んだ。両翼から噴き延びた無数の曳痕が、ヴュルガー一機を包み込んだ。

撃墜を確認することなく、後続の機体にかかる。

発射ボタンにかけた親指に力を込めるや、両翼から放たれた火箭が、ヴュルガーの前上方から突き刺さる。

速度性能が高い態鷹も、地上付近では最大時速が五〇〇キロ台まで落ちるが、ヴュルガーとの相対速度は、時速一〇〇〇キロ前後に達したはずだ。

射撃の機会は一瞬しかなく、撃墜を確認する余裕もない。一連射を放ったときには、既に照準器の白い環が、次の目標を捉えている。

瞬《また》く間に、滑走路の上空を南端から北端まで駆け抜ける。

反転し、後方を見ると、ヴュルガーの残骸《ざんがい》が滑走路上に散らばり、黒煙を上げている様が見える。

飛行場を襲おうとしていた一〇機前後のヴュルガーのうち、半数程度は墜としたようだ。

「原口四番より一番、敵機が離脱します！」

小隊の最後尾にいる井森伍長が報告した。

原口は、飛行場の西方に視線を向けた。

数機のヴュルガーが大きく旋回しつつ、海上へと

ドイツ空軍 ヴュルガーJ単座戦闘機

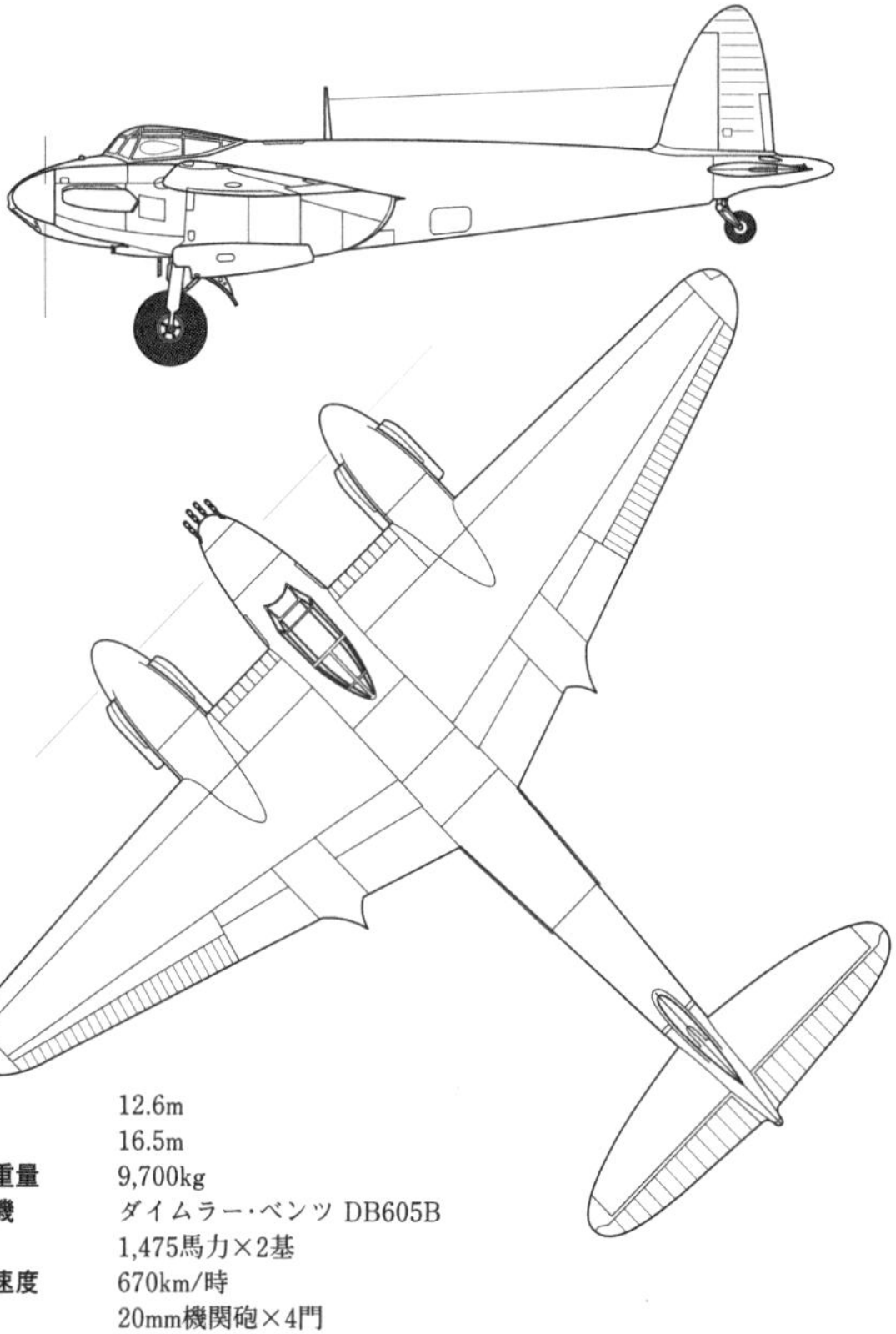

全長	12.6m
翼幅	16.5m
全備重量	9,700kg
発動機	ダイムラー・ベンツ DB605B 1,475馬力×2基
最大速度	670km/時
兵装	20mm機関砲×4門
乗員数	1名

英国を占領したドイツは、モスキートを製造設備ごと接収、「ヴュルガー」という呼称で使用している。原型の高速爆撃機に加え、偵察機型、戦闘爆撃機型、夜間戦闘機型の派生型が作られた。さらに、米国の参戦が近いとみたドイツ空軍は、米陸軍のP38に対抗するため、単座戦闘機型を開発した。これが「ヴュルガーJ」と呼ばれる本型である。時速670キロにも達する最大速度に加え、20ミリ機関砲4門の強火力をもつ本機は、対地・対艦戦闘にも用いられ、日英連合軍にとって大きな脅威となっている。

向かっている。

地上攻撃を断念し、退却に移ったようだ。

飛行場を狙ったヴュルガーだけではない。

海上や市街地の上空で、飛行第三戦隊と渡り合っていたヴュルガーも、急速に姿を消しつつある。

「追いますか？」

「必要ない」

佐藤少尉の問いに、原口は即答した。

ヴュルガーは足が速いため、追跡しても取り逃がすことが多い。

師団司令部からも、

「ヴュルガーに対しては、深追いするな」

と命じられているのだ。

逃げた敵を追うより、新たな敵に備えた方が賢明《けんめい》と言える。

どのみち、原口機の一二・七ミリ機関砲は、残弾がゼロに近いのだ。

一旦《いったん》着陸し、補給を受けなければ、どうにもならなかった。

小隊を滑走路に向けて誘導しつつ、原口は敵機に言葉を投げかけた。

「何度来ようと行かせんぞ。このパレルモから南にはな」

2

「右一〇〇度に艦影多数。味方輸送船団と認む」

第五対潜戦隊旗艦《きかん》「球磨《くま》」の艦橋《かんきょう》に、艦橋見張員《みはりいん》からの報告が上げられた。

「球磨」艦長坂崎国雄《さかざきくにお》大佐は、右舷《うげん》側に双眼鏡《そうがんきょう》を向けた。

水平線の向こうから、多数の艦艇が姿を現しつつある。

輸送船三八隻から成るカ三六船団と、護衛に当たる第三対潜戦隊だ。

船団の周囲を飛び回る、小さな影が見える。

イタリア領リビアのトリポリに展開する第七一一航空隊の九六式陸上攻撃機四機が、潜望鏡《せんぼうきょう》深度に潜《ひそ》むUボートに目を光らせているのだ。

「パレルモの一二根（第一二根拠地隊）より入電しました。『我、空襲ヲ受ク。飛行場、在泊《ザイハク》艦船ニ若《ジャッ》干《カン》ノ被害アレド損害ハ軽微《ケイビ》ナリ。〈シチリア〉以南ニ向カフ敵機ナシ。一七四〇《ヒトナナヨンマル》（現地時間九時四〇分）』」

　船団が次第《しだい》に近づく中、通信長の高田慎吾《たかだしんご》少佐が報告した。

　報告電は、迎撃戦の詳細については伝えていないが、電文の末尾にある「〈シチリア〉以南ニ向カフ敵機ナシ」の一文《いちぶん》が何より重要だ。

　カ三六船団も、三、五対潜も、空襲を受ける危険はないということだ。

「断固《だんこ》通さぬ、と言わんばかりの構えですね」

「連合軍総司令部の狙い通りだ」

　坂崎の感想を受け、司令官八代祐吉《やつしろすけよし》少将が満足げに言った。

　シチリア島への陸軍航空隊の進出は、パレルモの占領《せんりょう》直後から始まっている。

　リビアのトリポリで待機していた第四航空軍が進出し、地上部隊の支援を開始したのだ。

　その後、パレルモに第六飛行師団と海軍第二三航空戦隊が、カターニアには海軍第二五航空戦隊、及び英国の空軍部隊がそれぞれ展開し、シチリアの空の守りに就いている。

　航空部隊の任務は、シチリアそのものの防衛よりも、シチリア島を巨大な楯《たて》とし、同島以南への枢軸軍による攻撃を防ぐことだ。

　連合軍は次期作戦の準備を始めているが、陸軍部隊や補給物資の輸送航路はシチリア島の南側を通る。

　船団への攻撃を試みる敵機の阻止《そし》が、シチリア島に展開する陸海軍航空部隊の最も重要な任務なのだ。

　連合軍総司令部の狙いは図《ず》に当たり、シチリアの連合軍航空部隊は、シチリア以南への敵機の進出を許していない。

かつて、イタリアの統領《ドーチェ》ベニト・ムッソリーニは、地中海を「我らの海《マーレ・ノストラム》」と呼び、イタリアによる内海《ないかい》化を目論《もくろ》んだが、今や地中海の南部は、連合軍の内海と化した感があった。

「船団に通信。『我、今ヨリ貴船団護衛ノ任ニ就ク』」

「全艦に命令。『第一警戒航行序列』」

八代が通信室に二つの命令を送った。

五対潜はこの日、カ三六船団に先行して、シチリア島とチュニジアを分かつシチリア海峡《かいきょう》で、Uボートの掃討《そうとう》に当たっていたが、ここから先は船団と合流し、護衛に当たるのだ。

船団の周囲では、三対潜の練習巡洋艦《じゅんようかん》「香椎《かしい》」と駆逐艦《くちくかん》八隻が輪型陣《りんけいじん》を組んでいる。

五対潜は、「球磨」を中心に傘型《かさがた》の陣形を組み、船団の前衛を務めるのだ。

麾下の第一一一、一一五駆逐隊が、「球磨」の左右に移動する。

一一一駆は編成当時から五対潜の指揮下にあったが、一一五駆は第三段作戦の終了後、五対潜の指揮下に加わった部隊だ。松《まつ》型駆逐艦の兵装を変更し、対潜能力を高めた桔梗《ききょう》型駆逐艦によって編成されていた。

上空では、船団の護衛に就いていた九六陸攻四機が爆音を轟かせている。五対潜の合流後も、護衛を続けるようだ。

高度を一〇〇〇メートル前後に取り、海面をなめ回すようにして、ゆっくりと飛行する。

「シチリアが楯の役割を果たしていなかったら、あの機体は使えなかっただろうな」

八代が、哨戒《しょうかい》機の動きを見ながら言った。

九六式陸上攻撃機、略称「九六陸攻」は、対独開戦の六年前、昭和一一年に制式化された機体だ。

今日では旧式機に属するが、航続距離が二三六七浬《カイリ》と長く、飛行時の安定性にも優れているため、海軍は同機に磁気探知機《じきたんちき》を装備し、対潜哨戒に用いている。

その能力は、同機がリビア、エジプトに配備されて以来、二〇隻以上の敵潜水艦を撃沈したことで実証されている。

ただし、最大時速が三七三キロと遅いことに加え、防御力も弱いため、戦闘機に襲われたらひとたまりもない。

同機の活動には、制空権の確保が不可欠《ふかけつ》なのだ。

そのためにも、シチリアに配備された航空隊の役割は重要だった。

頭上の爆音が高まった。

九六陸攻の一機が「球磨」の左前方、海面すれすれの高度に舞い降りつつある。明らかに、Uボートを攻撃しようとする動きだ。

「後部見張りより艦橋。味方哨戒機、左舷《さげん》後方に向かいます！」

今度は、見張員が哨戒機の新たな動きを報告する。

「対潜戦闘！」

八代が大音声《だいおんじょう》で下令した。

「球磨」の左右に展開しつつあった八隻の駆逐艦が行動を起こした。

速力を五ノットに保ち、Uボートの捜索を再開する。

「航海、取舵《とりかじ》一杯。速力五ノット！」

「取舵一杯。速力五ノット。宜候《ようそろ》！」

坂崎は航海長渋谷英吉《しぶやえいきち》中佐に命じ、渋谷が即座に応答を返す。

その声に、炸裂《さくれつ》音が重なる。

Uボートを発見した九六陸攻が、対潜爆弾を投下したのだ。

「球磨」が、艦首を左に振った。

後方にいたカ三六船団と三対潜が、視界に入って来た。

輸送船は次々に回頭し、シチリア海峡から遠ざかりつつある。

三対潜も船団に付き従い、後退してゆく。

「哨戒機一二号より受信。『我、軽油並ビニ浮遊物ヲ確認セリ』」

高田通信長が報告を上げた。

「まずは一隻を沈めたか」

八代が言った。顔は、緊張に張り詰めたままだ。

過去の戦例から考えて、複数のUボートが潜んでいることは間違いない。一隻を撃沈した程度では、安心できない。

「哨戒機一五号より受信。『我、敵潜ノモノラシキ浮遊物ヲ確認セリ』」

高田が、また新たな報告を届ける。

上空からUボートを発見し、対潜爆弾を投下した九六陸攻二機は、共に戦果を上げたのだ。

「『日進《にっしん》』より受信。『本艦ノ水上機八機、貴方《キホウ》ニ向カフ』」

「後部見張りより艦橋。味方水上機、後方より接近します」

通信室と後部見張員の報告が、前後して上げられた。

数秒後、九六陸攻のそれとは異なる爆音が聞こえ始めた。

対潜戦隊の将兵には、耳に馴染《なじ》んだ音だ。

水上機母艦「日進」が搭載する零式水上偵察機と零式観測機が新たに八機、Uボートの掃討に加わったのだ。

「ありがたい」

坂崎は口中《こうちゅう》で呟いた。

「日進」とは、対潜掃討や船団護衛で何度も行動を共にしており、艦長伊藤《いとう》尉太郎《じょうたろう》大佐以下の幹部乗組員とは気心《きごころ》が知れている。

今の五対潜にとり、「日進」の水上機以上に心強《こころづよ》い応援はなかった。

しばし、Uボートの捜索が続く。

九六陸攻と「日進」の水上機は、低空を飛行してUボートの発見に努め、五対潜の「球磨」と八隻の駆逐艦も、之字《のじ》運動を行いつつ、海中の敵を探し求める。

すぐには、新たなUボートの発見も、撃沈もない。Uボートは僚艦《りょうかん》二隻の沈没を知り、深みに潜ったのかもしれない。

「こうなると、目は役に立たぬな」

いつもながら、面倒《めんどう》な相手だ――八代の口調からは、うんざりした思いが感じられた。

深みにいる敵を探知できるのは、水中聴音機《ちょうおんき》と水中探信儀《たんしんぎ》、航空機の磁探だけだ。

(見つけてくれ、何としても)

坂崎は、艦内の水測室や哨戒機のコクピットで目を光らせ、あるいは耳を澄《す》ましている人々に、胸中《ちゅう》で呼びかけた。

一〇分ほどが経過したとき、「日進」の零式水偵一機が機体を翻《ひるがえ》し、海面の一点に向かって降下した。

胴体下から黒い塊《かたまり》が離れ、海面に落下した。

「水測より艦長。右五五度、距離二〇《フタマル》にて水中爆発。艦体破壊音は確認されず」

「『柚《ゆず》』、右前方に向かいます」

一分ほどの間を置いて、水測長新井保典《あらいやすのり》兵曹長と見張長野辺山三郎《のべやまさぶろう》上等兵曹の報告が、前後して上げられた。

一一五駆に所属する桔梗型駆逐艦の一隻が、零式水偵が仕留《しと》め損ねたUボートを叩くべく、発見場所に向かっている。

「柚」駆逐艦長は土門茂明《どもんしげあき》大尉だ。通常、駆逐艦長に任じられるのは中佐か少佐だが、松型駆逐艦の大量建造に伴って中佐、少佐が不足したため、大尉の駆逐艦長も増えている。

「大尉で駆逐艦を一隻任《まか》されるのは、優秀な証拠だ。頑張れ」

「柚」が五対潜に配属されたとき、坂崎は土門にそのような言葉をかけ、激励していた。

ほどなく新井水測長から、

「右七〇度、距離一七《ヒトナナ》にて水中爆発。前投《ぜんとう》爆雷と認む。続いて、艦体破壊音を確認」

との報告が上げられた。

「よし！」

坂崎は、八代と頷《うなず》き合った。

桔梗型駆逐艦は、艦橋前部に設置されていた二五ミリ三連装機銃に替えて、前方投射式爆雷発射機を装備している。

土門は対潜戦の切《き》り札《ふだ》とも呼ぶべき武器を使用し、初戦果を上げたのだ。

なおも、Uボートの掃討は続く。

「柚」が一隻撃沈の戦果を上げてから一〇分余りが経過したとき、今度は陸攻一機が低空に舞い降り、対潜爆弾を投下した。

撃沈は確認されなかったが、一一五駆の「蓮華《れんげ》」が投弾場所に向かう。

先の「柚」同様、前投爆雷を発射し、新井水測長から、

「前投爆雷の爆発音、並びに艦体破壊音を確認」

との報告が上げられる。

撃沈したUボートは、先に陸攻が沈めたものも含め、合計四隻だ。

航空機搭載の磁探と軽巡、駆逐艦が装備する前投爆雷が、Uボートを次々と沈めている。

（磁探や前投爆雷が、あと二年早く登場していれば）

無理なこととは分かっていても、坂崎は思わずにいられない。

帝国海軍で最も有力な空母《くうぼ》だった「赤城《あかぎ》」と「加賀《かが》」がUボートの雷撃で撃沈され、「不知火《しらぬい》」駆逐艦長として溺者《できしゃ》救助に当たったときのことは、今でも鮮明に覚えている。

あの当時、磁探を装備した水上機が前路《ぜんろ》哨戒に当たっていたら、「赤城」「加賀」と乗員多数を無為《むい》に失うことはなかったと思う。

「水偵、右前方に降下！」

野辺山見張長の報告を受け、坂崎は右前方に双眼

鏡を向けた。

「日進」の零式水偵一機が、海面に向かって降下している。

フロートが波頭《なみがしら》に触れるのではないか、と思うほどの低空まで舞い降り、機首を引き起こして上昇に転じる。

数秒後、海面で爆発が起こり、盛大な飛沫が上がった。

「敵潜は、潜望鏡深度まで浮上していたのか？！」

首席参謀長瀬《ながせ》巧《たくみ》中佐が呟いた。この状況で無謀《むぼう》な、と言いたげだった。

その言葉を遮《さえぎ》るようにして、

「水偵より緊急信。『雷跡四、貴方ニ向カフ』！」

高田通信長が、慌《あわ》ただしく報告した。

「停止。後進全速！」

坂崎は、咄嗟《とっさ》に下令した。

「球磨」はUボート捜索のため、速力を五ノットに抑《おさ》えている。転舵《てんだ》よりも後進に切り替えた方が、魚雷を回避できると睨《にら》んだのだ。

「停止。後進全速！」

機関長溝口昌夫《みぞぐちまさお》少佐が復唱《ふくしょう》を返す。

低速で航行していたためだろう、前進から後進への移行に、さほどの時間はかからない。

艦は身震《みぶる》いし、ゆっくりと後退し始める。

「水偵より受信。『海面ニ軽油、及ビ浮遊物ヲ確認』」

高田が報告を上げる。

艦の動きから、雷撃回避に入ったことは悟っているだろうが、動揺は感じさせない。沈着《ちんちゃく》さを保ち、通信長の任務を務めている。

（一か八かの反撃か）

坂崎は、敵の指揮官の考えを推測した。

今の状況を考えれば、無謀な行動だ。

軽巡と駆逐艦を合わせて九隻もの対潜艦艇が展開し、上空には陸攻と水偵が飛び回っている。

潜望鏡を海面に突き出すか突き出さないかのうちに発見されて、対潜爆弾を叩き込まれるのがオチだ。

にも関わらず、Uボートは潜望鏡深度まで浮上し、「球磨」に雷撃を敢行した。

敵の艦長は、「球磨」を撃沈すれば、その混乱に乗じて脱出できると考え、賭《か》けに踏み切ったのか。

「雷跡、右二五度！」

野辺山見張長が、緊張した声で報告した。

坂崎の視界にも、雷跡が入った。

白い航跡が四条、右前方から「球磨」に向かって来る。後退する「球磨」の艦首との距離が、みるみる縮まる。

「総員、衝撃に備えよ！」

坂崎が下令したとき、魚雷の航跡が「球磨」の艦首の下に消えた。

被雷の衝撃を予測し、両足を踏《ふ》ん張《ば》ったが、何も起こらなかった。

「雷跡、左舷側に抜けました！」

野辺山が、歓喜の声で報告した。

「球磨」は、辛《から》くもUボートの雷撃をかわしたのだ。

「後進停止。前進微速！」

「前進微速。宜候！」

坂崎の命令に、溝口機関長が復唱を返す。

後進を続けていた「球磨」が停止し、五ノットでの前進を再開する。

上空では、九六陸攻と零式水偵がなおも飛び回り、海面では五対潜の九隻が、敵潜の掃討を続ける。

現在までのところ、日本側に損害はない。

「油断は禁物《きんもつ》だぞ」

八代が、戒《いまし》めるような口調で言った。

最後の一隻を沈めるまでは、何が起こるか分からない。気を抜かずに当たれ——八代の表情は、無言のうちにそう語っていた。

(乗艦沈没の地獄《じごく》は、誰にも味わわせない)

坂崎は、「赤城」「加賀」沈没時の惨状《さんじょう》を思い起こしながら、自身に言い聞かせた。

シチリア海峡には、なお哨戒機の爆音が轟き、五対潜の九隻が低速での航進を続けている。

日本海軍 桔梗型（改松型）駆逐艦「桔梗」

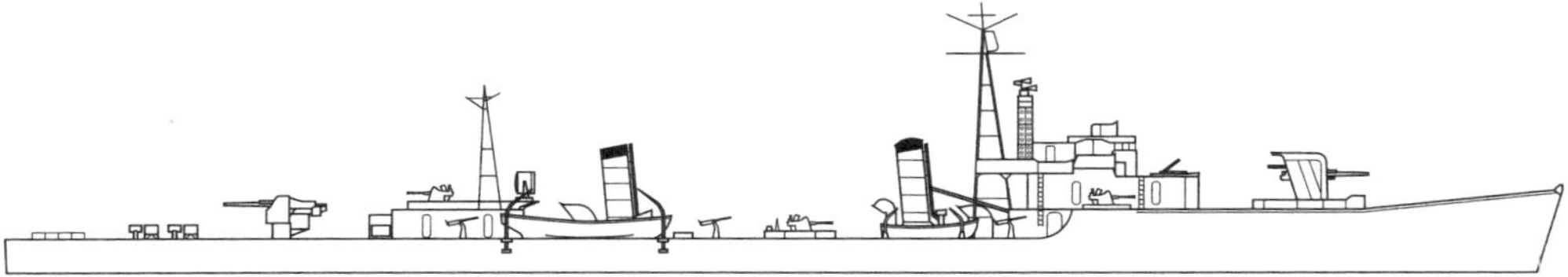

全長	100.0m
最大幅	9.4m
基準排水量	1,262トン
主機	ギヤードタービン 2基／2軸
出力	19,000馬力
速力	27.8ノット
兵装	12.7cm 40口径 連装高角砲 1基 2門
	12.7cm 40口径 単装高角砲 1門
	25mm 3連装機銃 4基
	25mm 単装機銃 8丁
	前方投射式爆雷発射機 1基
	爆雷投下軌条 2基／爆雷 36個
乗員数	211名
同型艦	桔梗、蘭、蓮華、菖蒲、栃、葛、桂、栃、菱、榊、芹、柘榴、竜胆、柚

昭和18年末より日本海軍が戦場に投入した松型駆逐艦は、工期短縮、資源節約を重視した戦時量産型駆逐艦である。従来の艦隊型駆逐艦に比べると艦体も小さく、対艦兵装、速力ともに劣っていた。しかし今次大戦勃発後、対潜戦闘で多くの駆逐艦が戦没するなか、機関配置にシフト配置を採用することで生残性を高めるなど、これまでの艦船建造によって得られたノウハウを充分に生かしたうえ、量産にも適した松型は大きな戦力として注目された。

そして、その松型から魚雷発射管を撤去し、最新鋭装備の前方投射式爆雷発射機や新型聴音機など、対潜水艦戦闘および対空戦闘に特化した改良型が本型である。「桔梗型」という呼称は日本海軍の正式なものではないが、現場では一番艦「桔梗」の名をもって本型の呼称となっている。

対潜戦闘は、止《や》む気配《けはい》を見せなかった。

3

「この艦には、中将旗よりも大将旗が相応《ふさわ》しいな。指揮官の階級が、艦に追いついたわけだ」

遣欧艦隊司令長官小林宗之助《こばやしそうのすけ》大将は、新たな旗艦に定めた戦艦《せんかん》「武蔵《むさし》」の長官公室を見渡しながら、満足げに言った。

第三段作戦の終了後、中将から大将に昇進し、徽《き》章《しょう》はベタ金に桜三個となっている。

昇進は、第一段作戦から第三段作戦までを成功させた功績に対する評価もあるが、英国本国艦隊司令長官ジェームズ・ソマーヴィル大将に合わせたということもある。

英本国艦隊との協同作戦を円滑に進めるためには、指揮官が同格《どうかく》の大将同士でなければならないと、海軍中央が判断したのだ。

「報告を聞こうか」

小林は、「武蔵」を訪れている第八艦隊の首席参謀木坂義胤《きさかよしたね》大佐に尋《たず》ねた。

遣欧艦隊が編成されて以来、一貫《いっかん》して輸送船の護衛と敵潜水艦の掃討に当たって来た部隊だ。戦場が地中海から大西洋に移ろうとしている現在、重要性はこれまで以上に増し、麾下の対潜戦隊も増強されている。

「カ三六船団は本三月一〇日、一三四〇《フタサンヨンマル》（現地時間一五時四〇分）にカサブランカに到着したとのことです。途中、シチリア海峡とジブラルタル海峡で敵潜水艦の襲撃を受けましたが、被雷・沈没した艦はなかったと報告されています」

木坂は、明瞭《めいりょう》な口調で応《こた》えた。

「対潜戦の戦果は？」

「敵潜撃沈一三隻です。シチリア海峡で七隻、ジブラルタル海峡で六隻を沈めたと報告されています」

「完勝ではないか」

柳沢蔵之助《やなぎさわくらのすけ》大佐に代わって首席参謀に任じられた高田利種《たかだとしたね》大佐が、感嘆《かんたん》したように言った。

「一三隻ものUボートを撃沈し、味方に全く被害がなかったという戦例は、過去にない。

帝国海軍の対潜能力が、開戦時に比べ、飛躍《ひやく》的に向上したことを物語る数字だ。

「対潜能力がここまで向上したのは、セイロン島の沖で『赤城』と『加賀』を失ったためではないか、と私は考えております」

作戦参謀芦田優《あしだまさる》中佐が発言した。

司令長官の昇進に伴い、遣欧艦隊の司令部幕僚《ばくりょう》も何人かが入れ替わったが、芦田は従来と同じ職のまま、司令部への残留を命じられている。

「米国製装備の導入や対潜戦術の研究が本格化したのは、『赤城』『加賀』の喪失直後からです。両艦の喪失がなければ、連合軍は未《いま》だに紅海《こうかい》あたりで足止めを食っていたかもしれません」

芦田は、江田島《えたじま》の同期で英本国艦隊の連絡将校となっている加倉井憲吉《かくらいけんきち》中佐の言葉を思い出している。

対独開戦の直後、加倉井は帝国海軍の対潜戦に関する認識の甘さを指摘し、「そんな認識でドイツ海軍と渡り合ったら、大変なことになるぞ」と警告したのだ。

加倉井の警告は最悪の形で的中《てきちゅう》し、帝国海軍は緒戦《しょせん》で最も有力な空母二隻を失った。

このときの衝撃が海軍中央を動かし、Uボート対策に本腰《ほんごし》を入れさせるきっかけとなったのだ。

「作戦参謀は、『赤城』『加賀』の喪失を慶事《けいじ》と捉えているように思えるが」

白石万隆《しらいしかずたか》少将に代わって新参謀長に任ぜられた青木泰二郎《あおきたいじろう》少将が言った。

第三段作戦の終了まで、航空母艦「大龍《だいりゅう》」の艦長を務めていたが、少将昇進後、参謀長として遣欧艦隊司令部に迎えられている。

「災《わざわ》い転じて福と為《な》す、という言葉があります。帝国海軍は、空母二隻の喪失という災いを対潜能力の強化に結びつけ、福に変えたのです」

芦田は、静かな口調で応えた。

「対潜戦の話はここまでにして、第四段作戦の話に移ろうか」

小林はあらたまった口調で言い、参集している幕僚たちを見渡した。

第四段作戦とは、英本土の奪回《だっかい》作戦を指している。第一段作戦でインド洋の制圧、第二段作戦でエジプトの奪回、第三段作戦でイタリアの屈服と、連合軍は順当に作戦目的を達成して来たが、対独戦争は最大の山場《やまば》を迎えることになる。

最初に、陸軍参謀の岸川公典《きしかわきみのり》中佐が起立した。

遣欧艦隊と陸軍部隊の連絡・調整役を担当する将校だ。

「欧州方面軍の集結は、予定よりもやや遅れていますが、移動中の兵力の損耗《そんもう》はありません。軍司令官からは、『海軍の助力に深謝《しんしゃ》する』との伝言を預かっております」

岸川は、机上《きじょう》に広げられている「地中海要域図」に指示棒を伸ばした。

欧州方面軍は、英本土奪回作戦に備えて編成された軍だ。

北阿弗利加《アフリカ》方面軍からの編入も含め、歩兵六個師団、戦車二個師団、独立混成四個旅団、軍直轄《ちょっかつ》の砲兵隊、輜重《しちょう》隊《たい》、第五航空軍等、総勢約一四万名の兵力を擁《よう》する。

集結場所は、仏領《ふつりょう》モロッコのカサブランカだ。

北アフリカのフランス植民地は、本国がドイツに降伏《こうふく》した後、ヴィシー政府に従っていたが、連合軍が地中海に進攻して来ると、シャルル・ド・ゴールの自由フランス政府に鞍替《くらが》えしたのだ。

四月末までには全部隊が集結し、作戦準備を整えられる旨《むね》を、岸川は報告した。

「英軍は？」

小林は、連絡将校のニール・C・アダムス中佐に視線を向けた。

「日本軍と同じく、部隊移動は順調に進んでおります。四月末までには、集結を完了する予定です」

アダムスは、言葉少《すく》なに答えた。

英本土奪回の主役となるのは、英国陸軍の第三軍だ。

中東方面軍から一部の部隊を異動した他、英国がアジア、アフリカに持つ植民地の駐留部隊、カナダ、オーストラリア、南アフリカ等、英連邦諸国から派遣された部隊を合わせ、総兵力は一九万に達する。

こちらはカサブランカの他、この二月に奪回したイベリア半島のジブラルタルが集結場所となっていた。

「四月末までには、我が遣欧艦隊、英本国艦隊も、新戦力を整えられますな」

青木が自信ありげに言った。

英本土奪回の尖兵《せんぺい》となるのは空母機動部隊だ。

遣欧艦隊隷下《れいか》の第三艦隊には、新鋭空母「大鳳《たいほう》」、米国から導入した丹鳳《たんほう》型小型空母三隻が新たに加わり、正規空母七隻、小型空母八隻となっている。

英本国艦隊は、シチリア沖海戦で正規空母二隻、小型空母一隻を戦列から失ったが、日本同様、米国から正規空母三隻を新たに導入したため、現在は正規空母五隻、小型空母四隻を擁している。

艦上機の総数は、日本軍が常用機と補用機を合わせて七九五機、英軍が三九〇機だ。

ドイツ空軍が英本土に展開させている機数は、五〇〇機から六〇〇機と見積《みつ》もられているが、多数の飛行場に分散配置されている。

機数と戦力集中の両面で、連合軍が有利と考えられていた。

「英本土には、伏兵《ふくへい》もいますからな」

アダムスが意味ありげな笑いを浮かべた。

ナチス・ドイツに占領された国々では、国民による抵抗組織《レジスタンス》が結成され、ドイツ軍に対して有形無形《ゆうけいむけい》の妨害《ぼうがい》行動を行っている。

英国では特に抵抗運動が激しく、ドイツ軍の武器庫爆破や兵舎への放火、軍需《ぐんじゅ》物資を輸送する列車の妨害までが行われているという。

　連合軍が作戦行動を開始すれば、レジスタンスによる内側からの攻撃も激しくなり、英本土のドイツ軍は内と外の二面作戦を強《し》いられるはずだ、とアダムスは述べた。

「英国民の祖国愛には感服《かんぷく》するが、民間人が無茶《むちゃ》をしないようにして欲しい。武器を持たない人々が侵略者に抵抗すれば、犠牲《ぎせい》は大きくなるだろうし、苛《か》烈《れつ》な報復を受けることも考えられる」

　小林が顔を曇《くも》らせた。

　小林は重巡《じゅうじゅん》「足柄《あしがら》」に乗艦し、英国王ジョージ六世の戴冠《たいかん》記念観艦《かんかん》式に参列した経験を持ち、英国民のもてなしを受けている。

　自分たちによくしてくれた人々が、ドイツ兵に射殺されたり、国家秘密警察《ゲシュタポ》に逮捕《たいほ》されて拷問《ごうもん》を受けたりするようなことになって欲しくない、と言いたげだった。

「長官の思いやりには感謝しますが、レジスタンスは英国民の祖国愛に基《もと》づいての行動です。我々には、彼らの行動を規制することはできません」

　アダムスは応えた。

「気がかりなのは、欧州情勢の影響だ」

　小林は議題を変えた。

　ドイツは現在、三正面で戦っている。

　主敵《しゅてき》はソビエト連邦だが、イタリアにも大兵力を送り込み、英本土も死守する構えを取っている。

　当然、他の戦線の状況が、英本土奪回作戦に影響を及ぼすことになる。

「陸軍部隊に関しては、英本土に大規模な増援が送られる可能性は小さいと考えます」

　岸川が発言した。

　ドイツは昨年八月より、対ソ戦争にアブロ・グライフ——降伏後の英国より入手した四発重爆撃機を大量に投入し、モスクワ、レニングラード、スターリングラード等の主要都市や軍需工場に戦略爆撃を繰り返した。

ソ連の生産力は大きな打撃を被《こうむ》り、モスクワを始めとする主要都市も建造物の過半《かはん》を破壊されたが、冬の訪れと共に戦略爆撃は一旦止み、ソ連は態勢を立て直すための時間を手に入れた。

冬の間、最前線の赤軍《せきぐん》部隊はドイツ軍を押し戻すべく、再三《さいさん》に亘《わた》って攻勢を仕掛けたが、ドイツ軍の守りは頑強《がんきょう》であり、戦況は一進一退《いっしんいったい》だ。

昭和一九年三月現在、ウクライナ、白ロシアは、大部分がドイツ軍の占領下にある。

ドイツ軍は春の雪融《ゆきど》けと共に、ソ連に対する戦略爆撃を再開すると予想されるが、そのためには、現在の戦線維持が必要であり、ドイツは増援部隊を送り続ける必要がある。

もう一つの焦点《しょうてん》――ドイツの盟邦《めいほう》だったイタリアでは、昨年一二月の政変を境《さかい》に、内戦が勃発《ぼっぱつ》した。

統領《ドゥーチェ》ベニト・ムッソリーニの後を受けた陸軍元帥《げんすい》ピエトロ・バドリオの新政権は、連合軍との休戦交渉に入ったが、ムッソリーニ派の政治家や軍人が軟《なん》禁《きん》されていたムッソリーニを救出し、イタリア北部に「ファシスト党政府」を樹立《じゅりつ》したのだ。

同政府は、「バドリオは、祖国イタリアを連合国に売り渡そうとしている裏切り者である」と、口を極《きわ》めて罵倒《ばとう》し、自分たちこそイタリア唯一《ゆいいつ》の正統政権であると主張した。

ドイツはファシスト党政府を国家承認し、ドイツ軍部隊の派遣も含めた軍事援助を行っているが、バドリオ政権も全力で抗戦している。

ドイツが内戦に介入《かいにゅう》し、バドリオ政権を打倒《だとう》する可能性も考えられるが、イタリア本土南部には、シチリア島に展開する連合軍が目を光らせている。

これらを考え合わせれば、ドイツが英本土に大規模な増援を送り込む可能性は小さい、と岸川は主張した。

「陸軍部隊については、陸軍参謀の言われる通りかもしれませんが、海軍部隊については話が変わって来ます」

芦田が言った。

ソ連でも、イタリアでも、戦場は内陸が中心であり、海軍の重要度は低い。

必然的に、ドイツは海上兵力のほぼ全てを、連合軍の迎撃に向けると考えられる。

先のシチリア沖海戦で、「大和《やまと》」「武蔵」と撃ち合った「ビスマルク」「ティルピッツ」の他、他国から接収《せっしゅう》した戦闘艦艇をあらいざらい投入して来るのではないか。

遣欧艦隊本隊の戦力は、第一戦隊の「大和」「武蔵」、第五戦隊の妙高《みょうこう》型重巡四隻、第二水雷戦隊の駆逐艦一七隻だ。

必要に応じて、第三、第八艦隊に所属する艦を本隊に編入することは可能だが、ドイツ戦艦と英国製戦艦をいちどきに相手取るのは危険が大きい、と芦田は懸念《けねん》を口にした。

「機動部隊の艦上機で、敵戦艦を攻撃してはいかがでしょうか？」

航空参謀の吉岡忠一《よしおかただかず》中佐が言った。

長く第三艦隊の航空乙参謀を務めていたが、中佐昇進と同時に、遣欧艦隊司令部に異動となっている。

「機動部隊は、英本土の制空権奪取が優先だ。戦艦にまで手が回るかどうか」

青木参謀長が言った。

「大龍」の艦長を務めた経験を持つだけに、ドイツ空軍の手強《てごわ》さは分かっているのだ。

「今回は、我が国の本国艦隊も総力出撃となります。貴国だけに任せはしません」

アダムスが言った。

英国本国艦隊が擁する戦艦、巡洋戦艦は、キング・ジョージ五世級戦艦三隻、リナウン級巡洋戦艦二隻だ。

キング・ジョージ五世級の「デューク・オブ・ヨーク」は、紅海海戦で大きな損傷を受けたものの、現在は修理を完了し、戦列に復帰している。

日本海軍の「大和」「武蔵」に、英本国艦隊の戦艦、巡戦五隻が加われば、ドイツ艦隊に引けは取りません、とアダムスは力を込めて主張した。

「艦隊戦に持ち込むにしても、第一段階の制空権確保に成功しなければ、どうにもならぬな」

小林が、艦隊の編成図を見つめて言った。

専門は砲術であり、大艦巨砲主義の信奉者《しんぽうしゃ》だが、遣欧艦隊の長官を務めるうちに、航空兵力の重要性についても認識を深めていたのだ。

「まずは、第三艦隊と英海軍機動部隊の奮闘に期待しよう」

第二章　合衆国の変心

1

イタリアのタラントは、どこか活気《かっき》が欠けているように見えた。

イタリア海軍の母港であり、戦略の要《かなめ》ともなる地だが、市内には成年男子が少ない。街路を歩く市民の多くは、女性と子供、老人だ。

成年男子は北イタリアの戦場に送られ、ムッソリーニのファシスト政府軍と戦っているのだ。

活気がないのは、港も同じだ。

連合軍との戦いに生き残った軍艦——旧式戦艦や巡洋艦は係留《けいりゅう》されたままとなっている。

駆逐艦、掃海艇《そうかいてい》、駆潜艇《くせんてい》といった小型艦艇は、時折《ときおり》港外に出るが、日没前には帰投する。

北アフリカやシチリア島を巡《めぐ》る一連の戦いにおける敗北が、かつて地中海に覇《は》を唱《とな》えたイタリア海軍の威信《いしん》を失墜《しっつい》させたのだ。

イタリア海軍が、かつての威容《いよう》を取り戻し、地中海で存在感を示せる日が再び訪れるのかは、誰にも分からなかった。

三月二〇日午後、そのタラントに一群の艦船が姿を現した。

檣頭《しょうとう》に掲《かか》げている国旗は、青地に敷き並べられた白い星に、赤と白の横縞《よこじま》。

アメリカ合衆国の国旗だ。

埠頭《ふとう》で待っていた人々は、口々に歓迎の叫びを上げた。

「アメリカ人《アメリカーノ》！」

「万歳《ヴィーヴァ》！」

と叫ぶだけではなく、星条旗《せいじょうき》の小旗を振る者も多数に上った。

歓声に迎えられながら、アメリカ国籍の船は、ゆっくりと入港し、埠頭に横付けした。

港で待機していたイタリア軍——バドリオ政府軍の兵士が群がり、荷下ろしが始まった。

車輌《しゃりょう》の運搬船からは、トラックが次々と自走して埠頭に降りる。

どのトラックも、荷台には厳重に梱包《こんぽう》された積み荷を載せている。木枠には、英語で「無線機」「車輌部品」「医薬品」等と書かれている。

イタリア側の係員が受け取りにサインをするや、トラックは荷を載せたまま、内陸へと走り去る。

待つものは、イタリア国鉄の貨物列車だ。無蓋貨車に積み込まれ、車輪を固定される。

港では、荷下ろし作業が続いている。

船倉が空になった貨物船は、後続の船に場所を空ける。

港のクレーンは、ひっきりなしに埠頭と甲板上を往復し、梱包を吊り下ろしている。

入港したのは、貨物船だけではない。

平べったい甲板に、小さな艦橋を片舷《かたげん》に装備した艦もある。

イタリア海軍が一隻だけ完成させたものの、出撃の機会を得ることなく終わった艦種――航空母艦だ。

飛行甲板上には、航空機が隙間《すきま》なく搭載されており、上から防水カバーが被《かぶ》されている。

甲板員がカバーを取り払うと、二種類の機体が現れる。

機首の尖《とが》った液冷エンジン機と、見るからに逞《たくま》しい胴体を持つ空冷エンジン機だ。

それらが一機ずつ、クレーンで吊り下ろされ、台車に載せられる。

機体を載せた台車は、トラックに牽引《けんいん》され、内陸の飛行場へと向かってゆく。

タラントの駅からは、全ての貨車が一杯になった列車が動き始めており、飛行場でも、空母によって運び込まれた機体のエンジン・テストが始まっている。

タラントの沈滞《ちんたい》していた空気は、今や完全に払《ふっ》拭《しょく》されていた。

アメリカの船団の入港は、イタリア海軍が健在だった頃と同等か、それ以上の活況を、大西洋の彼方《かなた》から運んで来たようだった。

同じ頃、遥《はる》か東方――ソビエト連邦極東領のウラジオストックにも、星条旗を掲げた輸送船が多数入港している。

この時期、ウラジオストックの気温は低く、最低気温が氷点を下回る日もあるが、荷下ろしに伴う活気が寒さを吹き飛ばしていた。

タラントと同じように、荷台に積み荷を満載したトラックが次々と埠頭に降り、駅で待機しているシベリア鉄道の無蓋貨車に載せられる。

飛行甲板上に、航空機を搭載した空母の姿もある。

タラントに入港している空母より、一回り大きな艦だ。

飛行甲板から埠頭に吊り下ろされているのは、双発双胴という特異な形式を持つ機体だ。二つの胴体の間に、コクピットが設けられている。

双発機が全て下ろされ、空母の飛行甲板が空になると、格納甲板に収容されていた単発機が、飛行甲板上に上げられる。

鼻面《はなづら》が尖り、下腹が膨《ふく》れた、魚のような形状の機体だった。

「腹の中にキャビアを抱えたチョウザメみたいだ」

イルクーツク出身のある兵士はそんな感想を漏《も》らし、周囲にいた数名の兵士も、同感と言わんばかりに頷いた。

双発機、単発機が運び込まれた飛行場では、主翼と胴体に、ソビエト連邦空軍の所属機であることを示す赤い星のマークが描かれている。

エンジンのテストも始まっており、金属的な響きを持つ爆音が、冷え切った大気を騒がせていた。

2

　四月一四日午前、ドイツ空軍第一五一爆撃航空団《KG151》に所属する四発重爆撃機アブロ・グライフ一二四機は、西南西からソビエト連邦の首都モスクワに接近しつつあった。

　昨年、冬が訪れてからは悪天候の日が続き、ソ連に対する戦略爆撃は不活発になったが、雪融けと共に好天の日が増えている。

　空軍総司令部《OKL》は、白ロシア、ウクライナの主だった飛行場にグライフで編成された爆撃航空団を展開させていたが、四月一三日、総統《そうとう》アドルフ・ヒトラーより、

「ソ連に対する戦略爆撃を再開せよ。モスクワも、レニングラードも、徹底的に叩き潰すのだ」

　との命令が下った。

　ドイツ空軍には一九三〇年代より、ウラル山脈の東方まで飛び、同地に疎開《そかい》した工業地帯を直接叩ける「ウラル爆撃機」の構想があった。

　この構想は、推進者だったドイツ空軍の参謀長ヴァルター・ヴェーファー中将の事故死と共に立ち消えとなったが、イギリスの降伏後に接収されたアブロ社の四発重爆撃機を視察した空軍総司令官ヘルマン・ゲーリング国家元帥が、

「我々が求めていたウラル爆撃機は、イギリスにあった」

　と狂喜《きょうき》し、アブロ社での開発継続と、ドイツ国内での生産を命じたのだ。

　グライフには、ドイツ国内からウラル山脈の東側まで往復できるだけの航続性能はないが、白ロシア、ウクライナの飛行場からモスクワ、レニングラード等の主要都市を攻撃するには充分だ。

　ヒトラーも「ソ連に鉄槌《てっつい》を振り下ろせる決戦兵器」とグライフを評価し、軍需省に生産の拡大を指示している。

ＯＫＬは戦略爆撃の再開に当たり、モスクワを最初の目標に選んだのだ。

現地時間の七時一五分にミンスクの飛行場を飛び立ったＫＧ１５１は、編隊形を整えるまでに三〇分近くを要したものの、一〇時前にはモスクワを眼下に望んでいた。

「復興《ふっこう》は進んでいないようだな」

ＫＧ１５１の指揮官ヘルマン・ランツベルク中佐は、操縦士席から地上を見下ろして呟いた。

昨年八月、グライフによる戦略爆撃が始まって以来、ランツベルクはモスクワに一〇回以上出撃した。

標的は、戦車や航空機の生産工場が主だったが、市街地に対する無差別爆撃を実施したこともある。

出撃のたび、モスクワの中で廃墟《はいきょ》が占める面積が次第に増えてゆく様を、高度六〇〇〇メートル上空から見下ろしたものだ。

最後の爆撃を行ったのは、昨年一一月一六日。名だたる「冬将軍《ふゆしょうぐん》」がやって来る直前だ。

それから五ヶ月近くが経過したが、破壊した建造物は、ほとんどがそのままになっている。

ソ連政府は、赤軍の強化に国家予算を重点的に配分し、破壊された建造物の修復などは後回しにしているのだろう。

「クレムリンはそのままです」

機首の爆撃手席に座るマクシミリアン・クレーマー大尉が、インカムを通じて報告した。

ヒトラー総統は戦略爆撃の開始に当たり、

「クレムリンを破壊してはならぬ。ソ連が降伏したとき、クレムリンに鉤十字《ハーケンクロイツ》の旗を掲げ、ロシア人どもに敗北を知らしめてやるのだ」

と、空軍に命じている。

モスクワ攻撃に当たる爆撃航空団は、その命令を忠実に守り、クレムリンを避けて爆撃して来たのだ。

クレーマーが言った通り、クレムリンは変わらぬ姿をモスクワの中心に留めている。

「スターリン（ヨシフ・スターリン。ソ連共産党書記長）

は不在だろうな」

ランツベルクは呟いた。

ドイツ空軍がモスクワを戦略爆撃の標的に定めた後、ソ連政府は首都機能をウラル山脈の東方にあるクィビシェフに移したと聞いている。

現在は、ドイツ軍の手が届かぬ安全な場所で、戦争指導を行っているのだろう。

「『青1《ブラウ・アイン》』より全機へ。『鳥の巣《フォーゲル・ネスト》』を叩く」

ランツベルクは目標を指示した。

「鳥の巣」とは、モスクワの北部に位置するシェレメチェヴォ飛行場を指している。

開戦前は、軍民共用の飛行場として機能していたが、現在はモスクワ近郊に設けられた航空基地の中で、最も規模が大きなものとなっている。

モスクワへの戦略爆撃を再開するに当たり、最初に叩かねばならない目標だ。

ランツベルクは、ステアリング・ホイールを左に回した。

グライフの巨体が大きく傾《かたむ》き、左に旋回した。

クレムリン宮殿《きゅうでん》や周囲の建造物、市内を流れるモスクワ川が右に流れ、視界の外に消える。

一個飛行隊は、本部小隊四機の下に、四〇機ずつから成る飛行隊三隊が付く。

本部小隊は、一二〇機の先頭に立って目標へと誘導する、最も重要な役目を担っていた。

「後続機、どうか？」

「『ブラウ2、3、4』左に旋回。続いて第一飛行隊四〇機、順次左に旋回します」

尾部銃手を務めるヨーヘン・ヴォルフ軍曹が、報告を送って来る。

地上からの対空砲火はない。市街地への対空火器の配備が遅れているのかもしれない。

（飛行場の周りに集中しているのかもしれぬ）

ランツベルクは、考えを巡らした。

ソ連軍が最優先で守りたいのは、第一に飛行場、第二に軍需物資の生産工場だ。

対空砲は、重要度の高い場所に集中配備しているのではないか。

「『ブラウ1』より全機へ――」

「左前方、ソ連機《イワン》!」

ランツベルクの呼びかけに、クレーマーの叫び声が重なった。

　ランツベルクは、左前方に目を向けた。

　一〇機前後の機影が見える。

　既にこちらに狙いを定めているのだろう、みるみる機影が拡大し、航空機の形を整える。

「各中隊、空戦に備えよ」

　ランツベルクは命令を送信しつつ、敵機を凝視《ぎょうし》した。

「ヤコブレフか?　ラボーチキンか?」

と、敵機の名称を呟いた。

「何だっ、あいつは!?」

　中間上部銃塔を受け持つカール・アイゼンホフ伍長の叫び声が、レシーバーに響いた。敵機が間近に迫り、機首から青白い曳痕がほとばしった。

　ランツベルクは目を見張った。

　過去に対戦したソ連軍の戦闘機――ヤコブレフＹａｋ１やラボーチキンＬａＧＧ３といった機体が放つ二〇ミリ弾、七・九二ミリ弾とは明らかに異なる。光の棍棒とも呼ぶべき太い火箭だ。

　敵弾は、左の翼端をかすめて後方に消える。

　機体を翻し、離脱に移った敵機に、上部銃塔から射弾が浴びせられるが、目標を捉えることはない。アイゼンホフが放った射弾は、空中に吸い込まれるように消えている。

「『ブラウ3』被弾。落伍します!」

　ヴォルフが悲痛な声で報告を送る。ランツベルクが直率する本部小隊の三番機だ。

　一番機の操縦士席からは、直接目視はできない。

　それでもランツベルクの心眼は、全長二一・二メートル、全幅三一・一メートルの巨体が火を噴きながら墜落してゆく様を見つめていた。

「見かけの割に素早《すばや》い機体だ」

ランツベルクは舌打ちした。

襲って来た敵戦闘機の形状は、過去に戦ったソ連機にはない。

双発双胴で、コクピットは二つの胴体の間に位置している。

同様の形式の機体は、ドイツにもある。

フォッケウルフ社が偵察、連絡、救急用の機体として開発したFw189だ。

対ソ戦争の開始とほぼ同時期に本格的な運用が開始され、地味《じみ》ながら重要な役割を果たしている。

だが、KG151の前に出現した機体は、全体の印象も、運動性能も、Fw189とは大きく異なる。

メッサーシュミットBf110と同様の、双発戦闘機に間違いなかった。

「敵機、右前上方！」

「応戦しろ！」

クレーマーの叫びを受け、ランツベルクは下令した。

ランツベルク機の機首と背部から、MG七・九二ミリ機銃の真っ赤な火箭が噴き延びた。

イギリス製のオリジナルは、アメリカのブローニング七・七ミリ機銃を装備していたが、ドイツ空軍での制式化に当たり、ドイツ製の機銃に換装している。

装備数は機首銃塔と上部銃塔に各二丁、尾部銃塔に四丁。

一見、非力《ひりき》に感じられるが、戦闘機は攻撃時に距離を詰めて来るため、小口径機銃でも充分と判断されたのだ。

四条の火箭が、敵機を搦《から》め捕るべく、右に、左にと振り回される。

七・九二ミリ弾の曳痕は、目標を捉えているように見えるが、敵機が火を噴く様子はない。

二基のエンジンと中央に配置されたコクピットが、目の前に迫る。機首に発射炎が閃き、太い火箭が噴き延びる。

今度も、ランツベルク機を捉えるには至らない。敵弾は下方へと逸《そ》れ、視界の外に消える。

中間上部銃塔が七・九二ミリ弾を浴びせるが、効果は全くない。敵機は機体を横転させ、射程外へと離脱する。

「『緑《グリューネ》』、二機被弾。火災発生！」

ヴォルフが、新たな被害を報告する。

第一飛行隊のグライフが、二機を失ったのだ。

喪失機は、これで三機。合計二一名の搭乗員が、投弾前に犠牲になった。

「Ｐ38だ。アメリカ製の戦闘機だ」

ランツベルクは、敵機の名を口にした。

アメリカ合衆国が配備している軍用機については、ＯＫＬも情報入手に努めており、前線の搭乗員にも知らされている。

それらの中には、双発双胴の重戦闘機ロッキードＰ38〝ライトニング〟の情報も含まれる。

最大時速は六二〇キロから六四〇キロ。火器を全て機首に装備しているため、集弾性も高い。

その機体が、ソ連空軍の装備機として、モスクワの空に出現したのだ。

アメリカは、日本やイギリスに軍艦や軍用機を供与《きょうよ》することはあっても、ソ連に対する供与は拒《こば》んで来た。

大統領のトーマス・Ｅ・デューイは、ドイツを鼻持《はなも》ちならない国家と呼び、嫌っていたが、それ以上に共産主義を嫌っていたためだ。

Ｐ38をソ連空軍が装備しているということは、デューイ大統領、ひいてはアメリカ政府が方針を転換したということか。

これは、ドイツが何より恐れている事態――アメリカ参戦の予兆《よちょう》ではないのか。

「『グリューネ』、更《さら》に二機被弾！」

ヴォルフの報告が、ランツベルクの思考を中断させる。

アメリカ陸軍 P-38D 重戦闘機

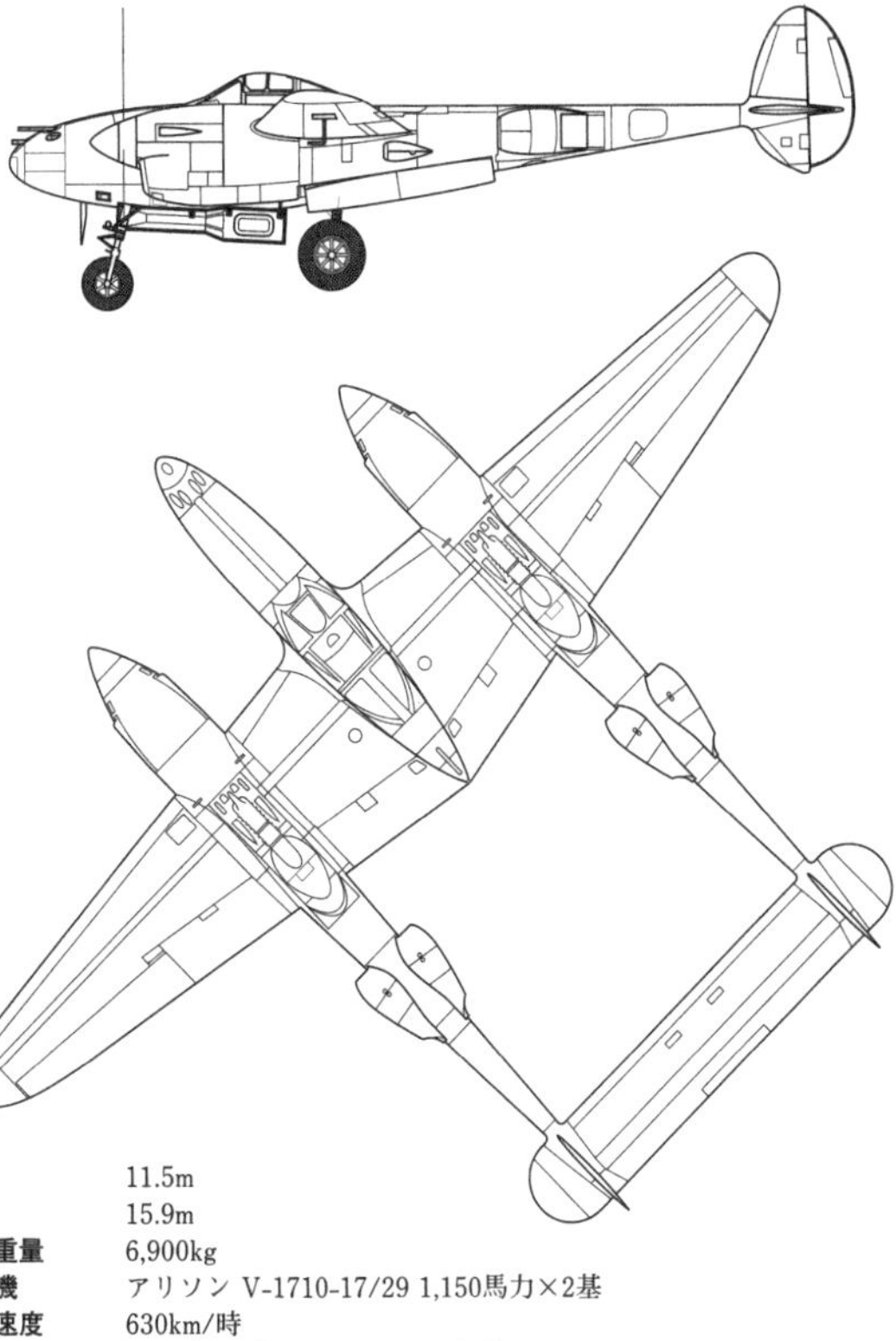

全長	11.5m
翼幅	15.9m
全備重量	6,900kg
発動機	アリソン V-1710-17/29 1,150馬力×2基
最大速度	630km/時
兵装	37mm機関砲×1門／12.7mm機銃×4丁
乗員数	1名

米国・ロッキード社が開発した重戦闘機。1944年4月、ドイツと戦うソビエトに対し「防空戦闘機」として供与された。重爆撃機の迎撃任務を主眼としたため、機首に37ミリ砲を装備したD型が選ばれた。なお、本機の重要な装備である排気タービン過給機は、軍事機密に該当することから、ソ連向けの機体からは取り外された。このため高高度性能は低下したのだが、ドイツ爆撃機隊が本機との交戦を嫌い、低中高度爆撃から高高度爆撃に切り替えたことで、爆撃の精度が低下、結果的に損害は減少している。

グライフは防御力の高い機体であり、Ｙａｋ１やＬａＧＧ３の二〇ミリ機銃でも容易に火を噴かないが、Ｐ38の火力は、ソ連製の戦闘機より高い。

多数の機銃を機首に集中装備することで、威力を高めているのか。あるいは、二〇ミリを超える大口径機銃を装備しているのか。

「敵機正面！」

クレーマーが叫んだ。

ランツベルクは、両目を大きく見開いた。

Ｐ38二機が、大胆にも真正面から突っ込んで来る。被弾の可能性など、考えていないかのようだ。

ランツベルクは、ステアリング・ホイールを右に、左にと回した。グライフの機体が、巨大な振り子のように振られた。

Ｐ38の機首に、発射炎が閃いた。複数の機銃から放たれた火箭が一つに合わさり、ランツベルク機の正面から殺到して来た。

無数の曳痕がコクピットの右脇を通過する。Ｐ38の一番機は機体を翻し、垂直降下によって離脱する。

二番機が続けて突進し、機首からの一連射を撃ち込む。

火箭が、ランツベルクの頭上を通過した。

機体の後部からけたたましい破壊音が響き、レシーバーを通じて罵声が届いた。

「上部銃塔損傷！」

「アイゼンホフ、無事か⁉」

「無事です！」

ランツベルクの問いに、アイゼンホフは気丈《きじょう》な声で返答した。

部下が助かったのは不幸中の幸いだが、ランツベルク機は、防御火力の四分の一を失ったことになる。

本部小隊の後方でも、戦闘は続いている。

尾部銃座のヴォルフが、今度は「黄《ゲルベ》」こと第二飛行隊が三機を墜とされた旨を報告する。

空戦が始まってからの被害は、合計八機だ。グライフは失った戦力は六パーセント程度だが、乗員数が多いため、人員の損耗が大きい。

「前方に敵飛行場！」

クレーマーが叫んだ。

ランツベルクは腰を浮かし、前下方を見た。

ソ連に対する戦略爆撃が始まって以来、何度も攻撃した飛行場が、前方に横たわっている。

モスクワの北に位置するシェレメチェヴォ飛行場だ。P38も、あそこから出撃して来たのだろう。

「『ブラウ1』より各飛行隊、状況報《しら》せ」

ランツベルクの命令に、

「『グリューネ』四機喪失なれど爆撃可能」

「『ゲルベ』三機喪失なれど爆撃可能」

「『白《ヴァイス》』全機健在」

各飛行隊の指揮官から、報告が返される。

損害は出したものの、爆撃は充分可能だ。

一一六機のグライフがあれば、敵飛行場を使用不能に追い込むことはできる。

「『ブラウ1』より全機へ。攻撃準備」

「『ブラウ』全機、爆弾槽開け」

ランツベルクは全機に命じ、次いで本部小隊に命じた。

機首のクレーマーが爆弾槽を開き、空気抵抗が増大したためだろう、速度がやや低下した。

ランツベルク機の機首は、飛行場の中央に向けられている。投弾まで、あと少しだ。

ランツベルクがあらためてステアリング・ホイールを握り直したとき、

「左上方、敵機！」

「撃て！　近寄らせるな！」

アイゼンホフの報告を受け、ランツベルクは叫んだ。

命じた直後、ランツベルクは自機の前部が丸裸《まるはだか》になっていることに気づいた。

機首銃塔は、爆撃手が銃手を兼ねているため、爆撃態勢に入っているときには使えない。

上部銃塔は、被弾により破壊されている。

ランツベルク機は無防備のまま、敵の銃火にさらされることになったのだ。

ステアリング・ホイールを回そうとして、ランツベルクは束《つか》の間躊躇《まちゅうちょ》した。

自分はKG151の指揮官だ。爆撃を優先すべきではないか、と思ったのだ。

「敵機、近い！」

ほとんど絶叫と化した、アイゼンホフの声が飛び込んだ。

顔を上げたランツベルクの視界一杯に、P38が映った。機首に閃いた発射炎が、ランツベルクの目を灼《や》いた。

操縦士席前の風防《ふうぼう》ガラスが、けたたましい音と共に割れ砕けた。頭に強烈な衝撃を感じると同時に、ランツベルクの意識は消し飛んだ。


同じ頃、アゾフ海の北東端に位置するロストフでは、ドイツ軍が誇る装甲師団の頭上から、初見参《はつけんざん》の機体が襲いかかっていた。

「敵襲！」

の叫びが、複数箇所で同時に上がった。

戦車の外で待機していた戦車兵は、慌てて車内に戻ろうとし、砲塔上に身を乗り出していた戦車長や、ハーフトラックの後部キャビンにいた歩兵は、七・九二ミリ機銃の銃口を、迫る敵機に向けた。

彼らが引き金を引くよりも早く、敵機の機首に発射炎が閃いた。

Bf109が、プロペラの軸内から発射する二〇ミリ弾のそれよりも太い火箭が噴き延びた。

火箭が戦車の砲塔上やハーフトラックのキャビンを舐《な》めるや、機銃を構えていた兵の姿は、血煙《ちけむり》と共に消失した。

射弾は、敵機の両翼からもほとばしり、地上を逃《に》げ惑《まど》う兵を、なぎ払うように打ち倒す。

随所《ずいしょ》で悲鳴や怒号《どごう》が上がり、ロストフ郊外の草原が、赤く染まってゆく。

戦車の砲塔上面や後部のエンジン・グリルにも、射弾が突き刺さる。

エンジン・グリルに被弾した戦車が、鈍《にぶ》い音を発して炎を噴出し、砲塔の天蓋《てんがい》を撃ち抜かれた戦車が火柱《ひばしら》を噴き上げる。

六号重戦車〝ティーガー〟――エジプトで、日本軍の戦車部隊を苦しめた重装甲の戦車も、例外ではない。

誘爆を起こした戦車砲弾が、炸裂音と共に火柱を噴き上げ、砲塔が一〇メートル以上も吹き飛ぶ。

後部のエンジン・グリルを撃ち抜かれたティーガーは、エンジンが火災を起こし、燃料タンクが引火爆発を起こす。

兵員輸送用のハーフトラックにも、敵弾は容赦《ようしゃ》なく襲いかかる。

戦車に比べれば遥かに装甲が薄いだけに、一連射で擱座《かくざ》し、どす黒い火災煙を噴き上げる。


上空で、ヤコブレフYak9やラボーチキンLaGG3と戦っていたBf109が機体を翻し、低空へと舞い降りる。

装甲師団の頭上を飛び交っている敵機の真上から、二〇ミリ弾、七・九二ミリ弾を叩き込む。

コクピットの真上から射弾を受けた敵機が、ハンマーで一撃されるように地上に叩き付けられ、エンジンに被弾した敵機が炎を引きずりながら墜落する。

ティーガーの真上から激突する敵機もある。

一際《ひときわ》巨大な炎が上がり、金属的な破壊音が響き、残骸となった航空機と戦車が絡み合う。

不利を悟った敵機が避退に移ったときには、五〇輌近い戦車とハーフトラックが、炎と黒煙を噴き上げていた。

「身重《みおも》の鮭《さけ》のような形状の機体が襲って来た」

「機首に対戦車砲を仕込んだ戦闘機に攻撃された」

生き残った戦車やハーフトラックから、そのような通信が、師団司令部に送られている。

無線手の声は、いずれも震えたり、早口すぎて受信側に伝わらなかったりしており、部隊の周章狼狽《しゅうしょうろうばい》ぶりを物語っていた。
モスクワとロストフ――二つの都市で行われたこの日の戦闘が、ソ連に供与されたアメリカ製戦闘機の初陣《ういじん》となった。

3

「貴国が対ソ援助に踏み切るとは意外でしたな。貴国の大統領閣下《かっか》は、名《な》うての反共主義者だと思っていましたが」

外務大臣東郷重徳《とうごうしげのり》は、東京《とうきょう》・霞ヶ関《かすみがせき》の外務省を訪れた駐日本・アメリカ合衆国大使ジョセフ・グルーに言った。

日本が欧州の大戦に参戦する前から、一貫して駐日本大使を務めている。米国でも知日派として知られる、温厚な学者肌《はだ》の人物だ。

大臣室には東郷とグルーの他、大英帝国正統政府の外務大臣ロバート・L・クレーギーも顔を見せていた。

「デューイ大統領は、確かに反共主義者です。大統領に限りません。合衆国政府の主要閣僚にも、共和党の議員にも、ソビエト連邦の現体制を支持している者は一人もいないでしょう。ですが、国家の指導者には、国益上のプラス・マイナスを冷静に判断する力が求められます。好悪《こうお》の感情が入る余地《よち》はありません」

グルーは穏《おだ》やかな声で、東郷に応えた。

「貴国は、対ソ援助が自国の国益になると判断されたのですな？」

クレーギーの問いに、グルーは頷いた。

「左様《さよう》。市街地に無差別爆撃を加え、民間人を殺戮《さつりく》するような国家と共存はできぬと、合衆国政府は判断したのです」

一昨年五月の独ソ開戦以来、ソビエト連邦政府は、アメリカ合衆国に対して援助を要請し続けて来た。

ソ連は建国以来、工業化に力を入れ、巨大な生産力を手に入れたものの、兵器の生産は戦車、装甲車、火砲といった正面装備に偏《かたよ》りがちであり、トラック、無線機等、軍の後方を支えたり、通信を円滑に行ったりするための装備が不足している。

本国をドイツに占領された英国に対ソ援助の力はなく、日本も自国分の生産だけで手一杯だ。

ソ連が援助を求められる国は、米国以外にはなかったのだ。

だが米国は、ソ連の支援要請を断り続けて来た。

「ソ連は、全世界の共産化を標榜《ひょうぼう》している。合衆国にとっては、潜在的な敵国である」

というのが、その理由だ。

ソ連政府は、自国内におけるドイツ軍や親衛隊《しんえいたい》の暴虐《ぼうぎゃく》を訴《うった》え、

「ナチス・ドイツは、人類共通の敵だ。このような存在を打倒するためには、主義主張の違いを超えて協力し合えるはずだ」

と主張したが、米国政府は頑《かたく》なな態度を崩そうとしなかった。

その姿勢に変化が表れたのは、昨年一二月からだ。

「人道上の観点から、防空用の戦闘機と対空火器、陸軍の後方支援用装備と医薬品、携行食糧に限って、対ソ援助を実施する」

と、米政府は内外に公表し、物資援助に踏み切ったのだ。

四月より、米国による援助の成果が出始めている。

米国が防空戦闘機として供与した機体のうち、双発双胴の重戦闘機ロッキードP38〝ライトニング〟は、初出撃でモスクワ・シェレメチェヴォ飛行場に来襲したアブロ・グライフ約一二〇機のうち、一七機を撃墜した。

飛行場は無傷では済まなかったが、投弾の多くは外れ、壊滅を免《まぬか》れた。

もう一つの機体——機首に三七ミリの大口径機関

砲を装備するベルP39〝エアラコブラ〟は、地上部隊に対する襲撃機として使用され、ロストフ郊外の戦闘で、ドイツ軍の装甲部隊に大きな打撃を与えた。

米国の対ソ援助は継続されており、P38、P39はなお続々とウラジオストックに陸揚《りくあ》げされている。

「貴国による対ソ援助の開始は、我が国やイギリスにとっても喜ばしいことと言えますが、揚陸場所がウラジオストックでは、甚《はなは》だ効率が悪いですな」

東郷の言葉に、グルーは苦笑しながら応えた。

「他に、揚陸できる港がありませんのでね」

戦場になっているのはヨーロッパ・ロシアだが、黒海のセバストポリはドイツ軍の占領下にある。

北極圏のムルマンスクは、冬の間は港が凍結し、解氷期までは使用できない。

米国の援助物資は、太平洋を越えて、ウラジオストックに陸揚げせざるを得ないのだ。

そこでシベリア鉄道の列車に載せ替えられ、更に一〇日ほどをかけて、最前線に送り込まれる。

遠回りなどという表現が生易《なまやさ》しく感じられるほどの超長距離輸送だが——。

「我が国による物資の供与を可能としたのは、ソ連がヨーロッパとアジアにまたがる広大な領土を持つことです。さしものドイツも、ウラジオストックまでは手が及びません」

「今になってみると、ドイツが我が国を枢軸に引き入れようとしていた理由が分かります」

グルーの言葉を受け、東郷は言った。

五年前の昭和一四年、当時の平沼騏《ひらぬまき》一郎《いちろう》内閣は、「独伊との同盟を」と求める、内外からの圧力にさらされていた。

特に陸軍がドイツとの同盟に熱心であり、当時結ばれていた日独伊防共協定を軍事同盟に格上げすべく、政府に強く働きかけていた。

仮に、日本が独伊と同盟を締結し、独ソ開戦と同時にソ連に宣戦《せんせん》を布告していたら、ウラジオストックは最初の攻略目標となる。

ウラジオストックを喪失すれば、ソ連は米国からの物資供与を一切《いっさい》受けられなくなっていたであろう。

「もう少し経《た》てば、ムルマンスクの氷が溶け、物資の搬入が可能となります。そうなれば、合衆国の物資援助も、円滑に進むようになるでしょう」

「話を戻しますが、大使閣下は、『アメリカは、ドイツとは共存できぬ』とおっしゃいましたね?」

東郷の問いに、グルーは答えた。

「そのように申し上げました。政府だけではなく、国民の間にも、反独感情が広がっています」

「それは、貴国も遠からず対独参戦されるということでしょうか? 貴国も、連合国の一員に加わることを希望されている、と?」

「その件につきましては、確たることは申し上げられないのです。政府内には賛否《さんぴ》両論がありますし、世論も圧倒的多数が対独参戦を支持しているわけではありませんので」

「ワシントンの我が国大使館からは、貴国の国民の間に、ドイツの残虐行為に対する怒りの声が広がっているとの報告が届いておりますが」

モスクワにいるニューヨーク・タイムズやワシントン・ポストの特派員は、ドイツによる空襲跡の写真を撮影し、本社に届けている。

空襲の被害だけではなく、ソ連軍が奪回した街や村にも入り、写真と記事を送っている。

写真の中には、崩れた建造物の下敷きになったり、火災に巻き込まれたりして死亡した人々や、ドイツ軍に虐殺された人々の遺体を写したものも含まれており、米国民の間には、ドイツに対する怒りと、ソ連に対する同情の声が上がっているという。

これらは、米政府の開戦意志を後押しするのではないか。

「大統領選挙のときの公約は、今なお有効なのです。『あなた方の子どもたちを戦場に送り込むことは、決してない』という公約は。国民の反独感情が拡大しても、参戦するとなりますと、公約を破ることになりますので、合衆国政府としましても、慎重に動かざるを得ないのです。合衆国を代表する立場としましては、我が国の態勢が整うまでお待ちいただきたいとしか申し上げられません」

東郷はクレーギーと顔を見合わせ、頷いた。

「貴国の事情については理解しました。我が国も、英国も、新しい戦友の参陣を待ち望んでいると、貴国政府にお伝えいただきたい」

4

ソ連における合衆国製戦闘機の活躍については、ホワイトハウスにも情報が届けられていた。

「在ソ連大使館から届けられた報告では、モスクワに対する爆撃は鈍っているとのことです」

参集した大統領顧問《こもん》団の中で、国務長官ハンフォード・マクナイターが最初に口を開いた。

大統領トーマス・E・デューイに報告しつつ、ちらと空軍長官チャールズ・リンドバーグに視線を向ける。

合衆国政府の中にあって、対ソ援助に最後まで反対し続けた人物だ。

最終的には同意したものの、

「航空機の援助は、防空用の戦闘機に限る」

「機密保持の観点から、排気タービン過給機装備の機体は供与しない」

「合衆国空軍の将校、及び航空機メーカーの技術者を顧問として派遣し、戦闘によって得られたデータを本国に送る」

という三条件を、付け加えさせている。

この決定の裏には、空軍に機体を納入しているロッキード、ベル、ノースアメリカンといったメーカーの不満もあったという。

グラマン社やチャンスヴォート社は、実戦によって得られる豊富なデータを日本やイギリスから入手し、新型機の開発にフィードバックできるが、実戦参加の機会がないメーカーには、それができないためだ。

　彼らが空軍省に訴えたことが、リンドバーグの決断を後押ししたと言える。

　マクナイターの視線に気づいたのか、リンドバーグはちらと見返したが、特に表情を変えることはなく、無言で報告に耳を傾けていた。

「モスクワには、二日乃至《ないし》三日に一度の割合で、ドイツ軍の重爆撃機が来襲しますが、機数は漸減《ぜんげん》する傾向にあります。また、過去の戦略爆撃における高度は二万フィート前後でしたが、四月一四日の戦いで大きな被害を受けた後は、二万五〇〇〇フィート以上の高高度から投弾するようになっている、とのことです。我が国がソ連に供与する機体は、高高度での戦闘には不向きですが、爆撃高度が上がれば地上目標への命中率も低下するため、戦略爆撃による被害も軽減されている、との報告が届いています」

「ソ連政府からは、何か言って来たかね？」

「援助の拡大を求めております。防空用の戦闘機だけではなく、戦車、装甲車、火砲等も供与して欲しい、と」

「戦車や装甲車は、ソ連製のものがあるではないか。特にT34は、性能面でドイツの戦車を上回ると聞く。ソ連に、戦車の供与が必要とは思えぬが」

　首を傾《かし》げた陸軍長官ヘンリ・スチムソンに、マクナイターは応えた。

「ドイツ軍の戦略爆撃によって生産工場が破壊され、数が不足しているとのことです。ソ連政府は兵器工場をウラル山脈以東に移転し、生産を継続していますが、数が充分とは言えない、と」

「戦車や装甲車や火砲の供与は、人道目的から外れるのではないか？」

　デューイの問いに、マクナイターは答えた。

「ドイツ軍をソ連領内から撃退すること自体が、人道目的とは言えないでしょうか？　民間人の被害は、戦略爆撃に限りません。被占領地でも、残虐行為が行われているとの情報があります」

「戦略爆撃はまだしも、被占領地における残虐行為については、証拠がありません。ソ連のプロパガンダという可能性を考えるべきです」

リンドバーグの発言に、マクナイターは反論した。

「昨年、ソ連軍がドイツ軍の占領地を奪還したとき、埋葬された民間人の遺体を多数発見しています。明らかに、ドイツ軍に処刑されたものだった、と」

「それも、処刑の現場を――」

「そこまでにしたまえ」

デューイが割って入った。

「ドイツ軍による残虐行為の有無《うむ》については、ここで議論することではない。今、問題にしているのは、対ソ援助拡大の是非だ」

「そのためにも、ソ連の要求の正当性を、明確にする必要があります」

「当面、回答は保留にしよう。防空戦闘機や無線機、トラック等の供与は従来通りとするが、陸戦兵器については今少し様子を見たい」

（選挙のことを考えておられますな）

デューイの心中《しんちゅう》を、マクナイターは推《お》し量《はか》った。

合衆国では、この一一月に大統領選挙が予定されており、デューイは三選を狙っている。

国民の間ではソ連に対する同情が高まっているものの、ソ連を嫌う反共主義者も少なくない。

対ソ援助の拡大が、選挙に影響を及ぼすことを、デューイは警戒しているのだ。

「イタリアのバドリオ政権も、援助の拡大を求めています。物資援助だけではなく、合衆国軍を派遣して欲しい、と」

マクナイターは議題を変えた。

イタリアで起こった内戦は、一進一退の戦いが続いていたが、四月半ばより、バドリオ政府が不利になっている。

ムッソリーニのファシスト党政府を支援するナチス・ドイツは、武器援助だけに留まらず、軍をも派遣しており、バドリオ政府軍を圧迫しているのだ。

前線はじりじりと南に下がっており、首都ローマも脅《おびや》かされている。

バドリオ政府は連合国に支援を要請したが、日本も、イギリスも、イギリス本土奪回作戦の準備で手一杯であり、イタリアを支援する余裕はない。

バドリオ政府が頼れるのは、合衆国以外にはないというのが現実だった。

デューイはかぶりを振った。

「現時点で、合衆国軍を派遣するわけにはゆかぬ。ことは、参戦するか否《いな》かの問題だ。ただし、武器援助拡大の要請には応じてもよい。バドリオ政府の軍にも、強力な戦車や戦闘機が必要だろう」

（気前《きまえ》のいいことですな）

腹の底でマクナイターは呟いた。

対ソ援助は「人道」が名目《めいもく》となっているため、供与する兵器が限られているが、イタリア・バドリオ政府に対する援助には、そのような制限はない。

ヨシフ・スターリン書記長を始めとするソ連政府の首脳《しゅのう》が今この場にいたら、「不公平だ」と怒り出すかもしれない。

「合衆国自身の去就《きょしゅう》をはっきりさせる必要がありますな。これまで通り『世界の武器庫』として商売に徹するのか、参戦するのか」

商務長官ウェンデル・ウィルキーの発言に、デューイは「うむ」とのみ返答し、そのまま沈黙した。

「大統領選までは、あと七ヶ月です。長いように感じられますが、すぐにそのときはやって来ます。方針を定めた方がよいと考えますが」

三選を狙っているデューイだが、国民に対しては、まだ参戦の是非をはっきりさせていない。

「世論でも、議会でも、合衆国の参戦を望む声が多数派を占めている。だが、不戦を望む人々も一定数存在している。大統領としては、彼らの声を無視するわけにはいかない。参戦については、なお熟慮《じゅくりょ》が必要と考える」

デューイは上下院で、そのように演説している。

一方、政権の奪回を目指す民主党は、参戦の意志を明確にしている。

前回の大統領選を戦ったフランクリン・デラノ・ルーズベルト候補は、健康上の理由で出馬《しゅつば》を断念し、代わってミズーリ州出身の上院議員ハリー・S・トルーマンが大統領候補として立っている。

トルーマンは、党大会でも、国民に向けての演説でも、ドイツの非道《ひどう》を非難し、

「我が党が政権を握った暁《あかつき》には、ドイツに鉄槌を下す」

と述べているのだ。

「少数意見であっても無視しない、という大統領閣下の姿勢は御立派《りっぱ》ですが、民主党の候補に比べると、優柔不断に感じられるのも事実です」

ウィルキーに続けて、マクナイターが言った。

「国民が国家の指導者に求める資質の一つは、力強さです。優柔不断というのは、弱々しく見えてしまい、選挙にはマイナスになると考えますが」

デューイは、その言葉には応えず、三軍の長官に顔を向けた。

「連合国は――ソ連も含めてだが――ドイツを打倒し得ると思うかね？」

「合衆国が参戦すれば可能でしょう。ただし、それにはイギリス本土の回復が前提となります」

スチムソンが答え、海軍長官フランク・ノックスも「陸軍長官と同意見です」と返答した。

「空軍長官は？」

デューイの問いに、リンドバーグはすぐには答えなかった。どのように回答すべきか、迷っているように見えた。

ややあって、躊躇いがちに答えた。

「可能です。合衆国空軍の力をもってすれば、ドイツ本土に直接進攻しなくとも、戦略爆撃のみでドイツを屈服させる自信があります」

マクナイターは、意外なことを聞かされた思いで

リンドバーグの顔を見つめた。

親ドイツの姿勢を崩そうとせず、合衆国の参戦に一貫して反対し続けている人物だが、空軍のトップとして、「ドイツを打倒できる」と答えたのだ。

ヒトラーやゲーリングと親交を結んでいても、空軍長官の職責《しょくせき》には忠実な人物だったのだ。

「合衆国が参戦を決めた場合、空軍長官として、ドイツ打倒のために全力を尽くすかね？」

デューイの問いに、リンドバーグは明快な口調で答えた。

「個人的な信条と空軍長官の任務は別です」

「いいだろう」

デューイは、満足げに頷いた。その言葉を聞きたかった、と言いたげだった。

「合衆国が参戦するとしても、連合国がドイツに勝利し得るという客観的な証明が欲しい。それがあれば、我が党も次の選挙で参戦の方針を明言できる」

ノックスがデューイに応えた。

「イギリス本土奪回作戦の成否が、その指針になると考えます。今少し、連合国の動きを見守ってはいかがでしょうか？」

第三章　「時《タイム》は至れり《・イズ・ライト》」

1

一九四四年四月三〇日早朝、フランスのルアーブル港を出港した輸送船「ロアール」は、七隻の僚船と共に、イギリス本土南部のポーツマスに向かっていた。

「ロアール」を含む二隻は、イギリスに駐留するドイツ軍への増援部隊一〇〇〇名ずつを、他の六隻は補給物資を、それぞれ運んでいる。

「ロアール」への乗船を命じられたペーター・ヘロルト一等兵は、船のデッキに上がり、海面を見つめながら思いを巡らしていた。

(どうなるんだろうか、俺たちは)

基礎訓練を修了し、部隊に配属されたばかりの身だが、祖国が置かれている状況は分かる。

イタリアが枢軸国から脱落し、地中海の制海権が連合軍の手中に落ちた現在、次に戦場となるのはイギリスだ。

三年前、本国から脱出したイギリス政府が、植民地の軍を糾合《きゅうごう》すると共に、日本軍という強力な援軍を得て、祖国を奪い返しにやって来るのだ。

ドイツ国防軍最高司令部《OKW》は、イギリス本土の陸軍部隊と空軍部隊を増強し、防衛態勢の強化を図っているが、増援部隊の多くは新兵が占めている。

東部戦線や北アフリカ戦線でベテランが失われた穴を、新兵が埋めているのだ。

部隊に数少ない古参《こさん》兵には、四年前のフランス進攻作戦や二年三ヶ月前のイギリス本土上陸作戦に参加した経験を持つ者もいる。

彼らは、

「イギリス軍は戦意は旺盛《おうせい》だが、戦術はそれほどでもない。特に、戦車戦なら我が軍が上だ。同数兵力で戦えば、まず負けることはない」

「今の戦争は、航空機が重要だ。フランスやイギリスに進攻したときは、空軍の援護に大いに助けられた。イギリスじゃ、全飛行場を我が軍が押さえてるんだ。連合軍など、水際《みずぎわ》で撃退できるさ」

などと語り、新兵を落ち着かせようと努めているが、楽観《らっかん》する気にはなれない。

宣伝省が製作する「ドイツ週刊ニュース」は、最前線におけるドイツ軍の勇猛な戦いぶりを伝え、連合軍やソ連軍に大打撃を与えた旨を報じているが、戦線は次第に後退しているのだ。

二年前の最前線はインド洋だったが、現在、枢軸軍は地中海まで押し込まれている。

この状況を見れば、宣伝省のプロパガンダを鵜呑《うの》みにはできなかった。

「どうした、海ばかり眺《なが》めて？」

背後から声がかかり、逞しい手が肩を叩いた。

上官のマックス・エーベルト伍長だ。エジプトで、イギリス軍、日本軍の両方と戦った経験を持つ。

「少し、考えごとをしておりましたので」

とだけ、ヘロルトは答えた。

「イギリスへの派遣が不安なのか？」

「そのようなことはありません」

「強がらなくてもいい。初めての場所ともなれば、誰だって不安になるものだ。俺もアフリカに派遣される前は、不安で仕方がなかった。もっとも砂漠の暑熱《しょねつ》がない分、イギリスはアフリカより遥かにましな場所だが」

（本当に、そうでしょうか？）

その言葉が、喉元《のどもと》までこみ上げた。

宣伝省は、「イギリス国民は、平和裡《り》にドイツ軍の進駐《しんちゅう》を迎え、共存の姿勢を見せている」と宣伝し、イギリスの若い女性たちから花束を贈られるドイツ兵の姿を報道している。

その一方で、「イギリス人は、表面上は従っているが、腹の底では我々と総統閣下を憎んでいる。一家ぐるみで、地下抵抗組織に協力する者も少なくない」といった証言もある。

抵抗組織の襲撃を受けて負傷し、本国に帰還した兵士の言葉だ。

帰還兵の証言が正しければ、イギリスでは、周囲全てが敵となる。

「お前、ロンドンに行ったことはあるか？」

「ありません」

話題を変えたエーベルトに、ヘロルトは答えた。

ドイツ南部の都市シュヴァインフルトで、ベアリング工場に勤める技術者の三男として生まれた身だ。同じバイエルン州にあるミュンヘンに何度か行ったことがある程度で、国から出たことはない。

「フランスが降伏した後、パリを訪れた兵が故郷の親兄弟に自慢したそうだ。お前もロンドンを見物したら、帰省《きせい》したときの土産《みやげ》話ができるぞ」

ヘロルトは、ニュース映画で見たロンドンの情景を思い浮かべた。

イギリスの降伏後、トラファルガー広場やウェストミンスター寺院、バッキンガム宮殿の前を、颯爽《さっそう》と行進するドイツ軍兵士の姿を映したものだ。

（心配ばかりしても、仕方がない。今は、楽しいことを考えよう）

ヘロルトは、そう思い直した。

連合軍は、まだイギリス近海に姿を見せておらず、ドイツからイギリスに増援部隊や補給物資を運ぶ船が攻撃されたこともない。

戦闘そのものは、もう少し先だ。ロンドンを見物する時間ぐらいはあるだろう……。

その思考は、出し抜けに鳴り響いた警報によって中断された。

「何だっ、いったい！」

エーベルトが叫んだとき、近くにいたラルフ・シュレック一等兵が悲鳴じみた声で叫んだ。

「『アキテーヌ』が！」

ヘロルトは、船の前方を見た。

「ロアール」の前方を航行していた輸送船「アキテーヌ」の左舷側に、巨大な水柱がそそり立っている。

おどろおどろしい炸裂音が海面を渡り、「ロアール」の船上にも届く。

「アキテーヌ」は黒煙を噴き上げながら、みるみるその場に停止する。早くも大量の海水が奔入《ほんにゅう》したのか、船体は左に大きく傾いている。

「潜水艦だ！　潜水艦の魚雷攻撃だ！」

誰かの叫び声がデッキの上を走ったときには、二隻目の船腹に水柱が突き立っている。「ロアール」の後方にいた「サントラル」だ。

更にもう一隻、空軍部隊向けの修理用部品や弾薬を運んでいた「ラングル」が被雷したところで、「ロアール」は左に大きく舵《かじ》を切った。

「ロアール」だけではない。健在な四隻の輸送船も取舵を切り、大きく変針している。

「全兵員は上甲板に上がれ。退船に備えよ」

野太《のぶと》い声が、船内放送で流れた。連隊長を務めるローマン・クルムバッハ中佐の声だった。

このときには異変を悟ったのだろう、船室内にいた兵士が、続々と上甲板に上がり始めている。

我先《われさき》に上がろうとした者がいたのか、怒号も聞こえて来る。

「まずいな。皆、パニックに——」

エーベルトが舌打ちしたとき、「ロアール」の前部から、唐突に衝撃が襲った。船は一瞬、後方に仰《の》け反《ぞ》り、「落ちた！」という叫び声がヘロルトの耳に届いた。

衝撃で、海面に落下した兵が何人か出たようだ。

ヘロルトには、何もできない。ただ手すりに摑《つか》まり、新たな衝撃に備えるだけだ。

輸送中、船が攻撃を受けたときの対処についても訓練中に教わったはずだが、思い出す余裕はなかった。

海面に向けられたヘロルトの目に、白い航跡が映った。

「魚雷です！」

ヘロルトが叫び声を上げたとき、航跡は「ロアール」の左舷水線下に消えた。

次の瞬間、硝薬《しょうやく》の臭いをたっぷり含んだ水柱が、ヘロルトを含む数名の兵を巻き込んで、空中高く突き上がった。

「輸送船八隻中、四隻に命中か。まずまずといったところだな」

大英帝国海軍の潜水艦「タリスマン」の艦長トム・アンドリュース少佐は、満足感を覚えた。

潜望鏡を回すと、海上の四箇所から黒煙が立ち上っている様が見える。

たった今、「タリスマン」と姉妹艦「ティグリス」が上げた戦果だ。

防御力が乏《とぼ》しい上、積み荷を満載した輸送船が雷撃を受ければ、助かる可能性はほとんどない。

仮に船が生き延びても、積み荷は使い物にならないはずだ。

「潜水艦戦は貴様《きさま》たちだけの専売特許《せんばい》じゃないぞ、ドイツ軍」

アンドリュースは、敵に向かって呼びかけた。

「タリスマン」は、T級と呼ばれる潜水艦の一隻だ。

イギリス本土が陥落したとき、スカパ・フローを含む本国の港に在泊していた潜水艦の多くは、ドイツ軍に接収される前に自沈《じちん》したが、一部は脱出し、本国艦隊に合流した。

「タリスマン」もその一隻で、南アフリカのケープタウンを経《へ》て、シンガポールに移動したのだ。

イギリス本国以外の海軍基地——ジブラルタル、トリンコマリー、シンガポール等に在泊していた潜水艦も本国艦隊に合流し、祖国解放のための戦いに参加している。

本国艦隊司令部は、イギリス本土奪回作戦の開始に伴い、指揮下にある全潜水艦五一隻を、戦線に投入した。

任務は、英本土と大陸欧州の海上交通線遮断《しゃだん》だ。

ドイツは、連合国の次の作戦目標は英本土の奪回にあると見抜き、現地に大規模な増援部隊や補給物資を送り込もうとしている。

　これを阻止し、英本土に駐留するドイツ軍の弱体化を図るのだ。

　盟邦日本から大西洋に派遣された「伊号《イゴウ》」と呼ばれる潜水艦も、この任務に加わっている。

「タリスマン」はたった今、「ティグリス」と協同して、英本土に向かう八隻の輸送船団を攻撃し、半数に魚雷を命中させたのだ。

　残った輸送船は回避運動を止め、北西に船首を向けている。

　溺者救助をするつもりはないようだ。

　新たな雷撃を受ける前に、イギリス本土に逃げ込むつもりであろう。

　アンドリュースは、雷撃した船の周囲に潜望鏡を向けた。

　うち二隻の周囲に、多数の人影が見える。

　船員だけとは思えない人数だ。増援部隊の兵士を運んでいたのかもしれない。

　脱出の機会を失い、船もろとも海没する者、脱出しても、潮《しお》に流されて行方不明になる者、救助が間に合わず、力尽《ちからつ》きる者が相当数に上るであろう。

　敵とはいえ、彼らの運命を思うと胸が疼《うず》いた。

「気の毒だが、こちらも任務なのでな」

　アンドリュースは、胸の前で小さく十字を切った。

　ドイツ軍も多数のイギリス船を撃沈し、何千何万というイギリス軍将兵や民間人を死なせている。

　戦争をしている以上、お互《たが》い様《さま》だ。

「敵船の推進機音、遠ざかります。方位三一〇度」

「追跡しますか？」

　水測室から報告が上げられ、航海長のスタンリー・レーン大尉が聞いた。

　浮上して追跡すれば、他の四隻も仕留めることは可能だ。

　アンドリュースはかぶりを振った。

「本土の近くにも味方の潜水艦がいる。残った敵は、彼らに任せよう」

「本艦と『ティグリス』はどうします？」

「移動する」

レーンの問いに、アンドリュースは即答した。

輸送船四隻が雷撃を受けた旨は、既にドイツ軍上層部にも報告が届いているはずだ。現海面に留まるのは危ない。

新たな場所で、次の攻撃目標を探すのだ。

「水雷より艦長。残存雷数一〇です」

「了解した」

水雷長マーク・ロバートソン大尉の報告を受け、アンドリュースは返答した。

「ティグリス」ともども、あと二回は敵の輸送船を攻撃できる。

2

大英帝国海軍本国艦隊が本土近海に到達したのは、一九四四年五月二〇日だった。

グリニッジ標準時の四時二分、東の水平線から曙光《しょこう》が差し込み、夜空を埋め尽くしていた無数の星々が、吹き払われるように消え去った。

海面は、東方から次第に明るさを増す。

波は、比較的穏やかだ。

海そのものが、イギリスの本来の主《あるじ》を迎えようとしているかに感じられた。

「戻って来たな、この海に」

日本帝国海軍の連絡将校加倉井憲吉中佐は、旗艦「プリンス・オブ・ウェールズ」の艦橋で明けてゆく海を眺めながら、感慨《かんがい》を込めて呟いた。

英本国艦隊と共に、陥落寸前の英本土から脱出したのは、一昨年――一九四二年二月七日であり、乗艦は今と同じ「プリンス・オブ・ウェールズ」だった。

二年三ヶ月が経過した今、加倉井は司令長官ジェームズ・ソマーヴィル大将以下の幕僚や、「プリンス・

オブ・ウェールズ」の乗員と共に、英本土の近海に戻って来たのだ。

　日本帝国陸軍欧州方面軍と、英国陸軍第三軍が集結したのは五月一〇日。

　東京の連合軍総司令部から、英本土奪回作戦——作戦名「マイルストーン」が発動されたのが五月一七日だ。

　英国本国艦隊と、日本帝国海軍遣欧艦隊がその先《せん》陣《じん》を切っている。

　英艦隊の現在位置は、英本土の南西端に位置するランズエンド岬《みさき》の南西一一〇浬。

　英本土を視認できる位置ではないが、この先に目的地が横たわっていることを、加倉井ははっきり感じ取っていた。

　長官席のソマーヴィル提督や、傍らに控える参謀長フレデリック・サリンジャー少将、「プリンス・オブ・ウェールズ」艦長ジョン・リーチ大佐らは、張り詰めた表情を、浮かべている。


　彼らにとっては、祖国を奪還するための戦いだ。懐《なつ》かしがっている余裕はないであろう。

　海面には、夜明け前から爆音が轟いている。

　空母の飛行甲板で、第一次攻撃隊の参加機が暖機《だんき》運転を始めているのだ。

　陽光に浮かび上がる三隻の正規空母は、本国艦隊が日本への亡命時に伴ったイラストリアス級空母とは異なる艦形を持つ。

　艦橋は煙突《えんとつ》と一体になり、艦橋の前部に小ぶりな三脚檣《さんきゃくしょう》が見える。

　艦名は「グローリー」「トライアンフ」「ウォーリア」。

　元の名は「ヨークタウン」「エンタープライズ」「ホーネット」。

　日本海軍の「大龍」「神龍《じんりゅう》」と同じく、米国で建造された空母だ。

　本来であれば、米海軍機動部隊の中核《ちゅうかく》となる艦だったが、一昨年末から新型空母のエセックス級が竣工《しゅんこう》し始めたため、空母の不足に悩む英国に売却されたのだ。

この三隻に、イラストリアス級空母の「インドミタブル」「フォーミダブル」、コロッサス級軽空母の「パーシュース」「パイオニア」、軽空母の「イーグル」「ハーミス」を加えた九隻が、英本土奪回作戦に臨んでいる。

英本国艦隊では、これら九隻を二群に分け、「S1部隊」「S2部隊」の呼称を冠《かん》している。

「プリンス・オブ・ウェールズ」はS2部隊に所属し、巡洋艦、駆逐艦と共に、空母の護衛に当たっていた。

S2部隊の周囲には、複葉羽布《はふ》張りの艦上機が低速で飛行している。

「ハーミス」から発艦したフェアリー・ソードフィッシュだ。

「ハーミス」と、S1部隊に配属された「イーグル」は艦形が小さく、新型艦上機の運用には適さないため、ソードフィッシュのみを搭載して、対潜警戒に当たっていた。

「『グローリー』より報告。各空母とも、暖機運転終了。発艦の指示を求めています」

通信室に詰めている通信参謀マイケル・ノーランド少佐が報告を上げた。

本来であれば、空母は航空戦隊の司令官が統率《とうそつ》すべきところだが、英本国艦隊には戦隊の指揮を執《と》れる少将クラスの人材が不足しているため、「グローリー」艦長のハモンド・グレイスン大佐がS2部隊の空母全艦を指揮している。

「周囲にUボートはいないな?」

ソマーヴィルは、サリンジャー参謀長に確認を求めた。

発艦中の空母は、風上に向かって直進するため、Uボートにとっては格好の標的になるのだ。

「哨戒機、駆逐艦とも、『潜水艦は発見されず』と報告しています」

英本国海軍 グローリー級航空母艦「グローリー」(元「ヨークタウン」)

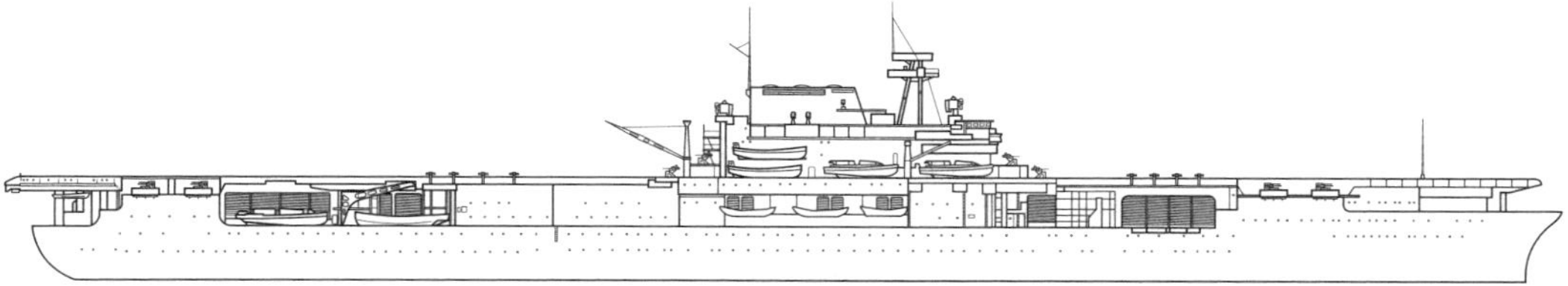

全長	246.9m
最大幅	33.2m
基準排水量	19,800トン
主機	ギヤードタービン 4基/4軸
出力	120,000馬力
速力	33.0ノット
兵装	12.7cm 35口径 単装両用砲 8門
	40mm 4連装機銃 6基
	40mm 連装機銃 8基
	20mm 単装機銃 50丁
航空兵装	66機
乗員数	2,919名
同型艦	トライアンフ(旧名/エンタープライズ)、ウォーリア(旧名/ホーネット)

アメリカ海軍が建造したヨークタウン級空母の一番艦で、元の艦名は「ヨークタウン」。大型空母レキシントン級、小型空母「レンジャー」の運用によって得られたノウハウを生かし、ワシントン海軍軍縮条約の制限に沿った25,000トン級空母として設計された。竣工時には90機程度の艦上機の運用が可能だったが、機体の大型化に伴って搭載機数は減少し、1944年時点では66機が定数となっている。その後、本級の改造型であるエセックス級の建造が開始され、本艦と同型艦2隻は艦載機搭乗員の訓練が主任務となった。米海軍の艦上機を導入した日本および英本国艦隊の搭乗員も、本艦で訓練を受けている。エセックス級の就役が順調なことで、本艦ならびに同型艦2隻は、英本国艦隊の空母戦力強化のため売却された。英本土奪還の機運が高まるなか、前線からの3隻の空母を待ち望む声は大きく、今後の活躍が期待されている。

「いいだろう。攻撃隊を発進させよ」

ソマーヴィルは頷いた。

「プリンス・オブ・ウェールズ」の通信室から命令が送られたのだろう、三隻の空母が順次取舵を切り、速力を上げた。

甲板上で待機していた、太い胴を持つ戦闘機が、次々と滑走を開始した。

シチリア島攻略戦の少し前から、日英海軍共通の主力艦上戦闘機となった米国製戦闘機グラマンF6F〝ヘルキャット〟だ。

二〇〇〇馬力の離昇出力を持つエンジンを高らかに轟かせ、一機また一機と離陸してゆく。

「いよいよ始まったか」

リーチ艦長が言った。

冷静沈着な主力戦艦の艦長も、興奮を抑えきれないようだ。

英本土を後にして以来、どれほどこのときを待ちかねたか。自分たちは、この戦いのために、亡命先の日本から英本土沖までの長い道のりを辿《たど》って来たのだ——そんな思いが感じられた。

「ミスター・カクライ、日本艦隊の行動は予定通りだろうね？」

「特に連絡がない限り、作戦計画通りに攻撃隊を出撃させるはずです」

サリンジャーの問いに、加倉井は返答した。

三隻の空母の艦上では、発艦作業が続いている。飛行甲板上の艦上機は、もう残り少なくなっている。

三隻の空母からF6Fが三二機ずつ、合計九六機。これに、S1部隊の「インドミタブル」「フォーミダブル」から発艦する二四機ずつのF6Fが加わる。

総数一四四機のF6Fが、英本土のドイツ空軍基地に第一撃を加えるのだ。

「ナチスめ、我が本土から叩き出してやる」

ソマーヴィルの呟きが、加倉井の耳に入った。

両目が輝き、顔に闘志を剝《む》き出しにしている。

日本への亡命途中、大ニコバル島の沖で、フランス製戦艦で編成されたドイツ艦隊に捕捉されたときと同じ表情だった。

(あのときは追われる側だったが、今度はドイツ軍を追い詰める側だ)

腹の底で、加倉井は呟いた。

ほどなく発艦が終わり、三隻の空母は隊列に戻った。

上空には、しばし爆音が轟いていたが、やがて英本土がある北東方向に遠ざかっていった。

英本国艦隊より西方に位置する海上でも、攻撃隊の発艦が始まっている。

遣欧艦隊隷下の第三艦隊に所属する七隻の正規空母に、発進命令がかかったのだ。

「一番槍《いちばんやり》は英軍のものですか」

第四航空戦隊旗艦「大龍」の艦橋で、首席参謀小《お》田切政徳《だぎりまさのり》大佐が苦笑交じりに言った。

「政治的配慮という奴さ。英本土に一番乗りするのは、英軍でなければならんそうだ」

司令官角田覚治《かくたかくじ》中将は、笑って応えた。

第三段作戦終了後に昇進し、徽章はベタ金に桜二個のものに代わっている。

「英国民が最初に目にするのは、日の丸ではなく、ラウンデル・マークでなければならない、ということですね?」

「私は一番乗りなどにこだわらん。政治の話にも興味はない。肝心《かんじん》なのは、敵と戦い、勝つことだ」

角田は軽く肩をそびやかし、飛行甲板から次々に飛び立ってゆく三式艦上戦闘機「炎風」を見つめた。

第三艦隊は、正規空母七隻、小型空母八隻を擁しているため、三部隊に分かれている。

司令長官小沢治三郎《おざわじさぶろう》中将が直率する第一部隊、第二航空戦隊司令官加来止男《かくとめお》少将が指揮する第二部隊、そして角田が指揮する第三部隊だ。

遣欧艦隊本隊に所属する戦闘艦艇は、第三艦隊の所属艦ともども、空母の護衛に付いている。

第三部隊は、四航戦の正規空母「大龍」「神龍」と第六航空戦隊の小型空母「神鳳《しんほう》」「海鳳《かいほう》」を主力としており、高速戦艦二隻、重巡四隻、軽巡一隻、駆逐艦一七隻が護衛に付く。

「神鳳」「海鳳」は、米国から輸入した艦で、シチリア沖海戦で沈んだ「雲鳳《うんほう》」の姉妹艦だ。

第一次攻撃隊は、「大龍」「神龍」から炎風二四機ずつと、「神鳳」「海鳳」から炎風一六機ずつ、計八〇機だ。これに、誘導に当たる新型艦上偵察機「彩《さい》雲《うん》」二機が加わる。

艦上戦闘機がほとんどを占めているのは、第一次攻撃の目的が、英本土における敵戦闘機の掃討にあるためだった。

作戦の実施に先立ち、遣欧艦隊から第三艦隊に、

「英本国艦隊よりも西側に布陣《ふじん》せよ」

との命令が届いている。

東方に位置する方が、先に夜明けを迎えるため、攻撃隊を発進させるのも先になるのだ。

英本国艦隊のソマーヴィル提督から遣欧艦隊の小林司令長官に、そのような要請があったようだが、詳細については、四航戦司令部に知らされていない。

角田としては、先陣を務めたいという英軍の希望に異議《いぎ》を唱えるつもりはなかった。

攻撃隊の発艦がほどなく終わり、八〇機の炎風が、第三部隊の上空で編隊を組む。

彩雲二機が先頭に立ち、誘導を開始する。

小沢長官が直率する第一部隊、加来少将の第二部隊も、攻撃隊を放っているはずだ。

情報によれば、ドイツ空軍はロンドンを中心に、英本土の南部に兵力を集中しているという。

およそ一時間後には、日本軍と英軍を合わせ、合計三〇〇機以上の戦闘機が、敵の飛行場に殺到するはずだった。

3

空母「トライアンフ」の艦戦隊を率いるフィリップ・ロス少佐は、イギリス本土の海岸線を見たとき、不覚《ふかく》にも落涙《らくるい》を覚えた。

祖国回復を誓《ちか》い、リヴァプールより脱出してから二年四ヶ月。

夢にまで見たイギリス本土が、自分たちの眼の前にある。

この大地は、首都ロンドンに繋《つな》がっているのだ。

「『レパード1《ワン》』より全機へ。警戒を厳《げん》にせよ」

無線電話機のレシーバーに、第一次攻撃隊の総指揮を執るビル・アーウィン中佐の声が届いた。

祖国が見えたからといって、浮かれるな。感涙《かんるい》で視界を曇らせては、敵機を見落とす。祖国解放の戦いは、ここからが本番だ——そんな意が込められているように感じられた。

攻撃隊は、本土の南西部に位置するコーンウォール半島の北側から、ブリストル湾《わん》の上空に出る。

東進するにつれて湾が狭《せば》まり、港湾施設や市街地が見え始める。

湾の最奥《さいおう》部に位置するブリストルだ。

航空機用エンジンの生産工場があり、イギリス本土が陥落する前は、本土防空を後方で支えて来た重要な都市だった。

指揮官機が僅《わず》かに左へと旋回し、各隊が続く。

ロスもアーウィン機に倣《なら》って、「トライアンフ」隊を誘導する。

第一次攻撃の目標は、ロンドンの北北西に位置するハリントン、リトル・ストートン、ポディントンの三飛行場だ。

この三飛行場に多数の敵戦闘機が集まっていることは、イギリス国内の抵抗組織から届けられた情報により判明している。

敵戦闘機が出て来なければ、地上銃撃をかけ、敵機を地上で撃破するつもりだった。

　S1部隊、すなわち「インドミタブル」「フォーミダブル」の艦戦隊が右に旋回する。

　S2部隊の艦戦隊は、そのまま直進する。目標は、ハリントン、リトル・ストートンの二飛行場だ。

　ロスは周囲を見渡した。

　敵戦闘機が出現してもいい頃だが、それらしき機影はない。S2部隊のF6F九六機は、巡航速度で直進を続けている。

「『レパード1』より全機へ。左前方に飛行場」

　アーウィンが注意を喚起した。

　左前方に、広々とした滑走路と付帯設備が見える。

　ハリントンの航空基地だ。

「妙だな」

　ロスは呟き、周囲を見渡した。

　こちらは、もう飛行場を目の前にしている。にも関わらず、敵戦闘機は出て来ない。

　ハリントンに多数の敵機が集中しているというのは誤報だったのか。それとも——。

「後ろ上方、敵機！」

　誰かが叫んだ直後、レシーバーに苦鳴《くめい》が響いた。

　振り返ったロスの目に、二つのものが映った。

　黒煙を噴き出しながら墜落してゆくF6Fと、後ろ上方から突っ込んで来る多数の機影。

「『レパード1』より全機へ。応戦しろ！　敵機は後ろ上方だ！」

　アーウィンが叫んだときには、攻撃隊のF6Fは次々に機体を横転させ、あるいは機首を前方に押し下げて、急降下に移っていた。

　F6Fは急降下性能が高い。反転して立ち向かうよりも、急降下をかけた方が得策《とくさく》だ。

「『チーター』急降下だ！」

　ロスは、指揮下の全機に命じた。

　同時に操縦桿を前方に押し込み、機首を目一杯《めいっぱい》押し下げた。

空が視界の上方に吹っ飛び、飛行場の周囲に広がる草原や道路、人家が目の前に来る。

ロスが直率する第一小隊の三機が付き従い、他のF6Fは小隊毎に分かれて散開する。

「敵機はメッサー。追って来ます！」

小隊四番機に搭乗するヘンリー・シムス少尉の声が、レシーバーに飛び込んだ。

ロス機のバックミラーに、鼻面の尖った機体が映っている。第一次イギリス本土航空戦から、先のシチリア島を巡る攻防戦まで、何度となく銃火を交えたドイツ空軍の主力戦闘機メッサーシュミットBf109だ。

イギリス空軍を代表する戦闘機スーパーマリン・スピットファイアとは、ほぼ互角《ごかく》の性能だったが、イギリス本土の陥落に伴い、ライバル関係に終止《しゅうし》符《ふ》が打たれた。

Bf109は改良を繰り返し、初期の機体よりも性能が大幅に向上したが、スピットファイアの進歩は一九四二年初めの時点で止まっている。

イギリスが誇る戦闘機も、今となっては過去の存在だ。自分たちイギリスのパイロットは、アメリカ製の戦闘機に搭乗し、ドイツ機と戦っている。

「メッサー、距離を詰めて来ます。振り切れ――」

シムスの声がレシーバーに響き、何かが壊れるような音と共に中断される。

背後から銃撃を喰《く》らい、墜とされたのだ。

部下の無念が思いやられたが、今は後方から食い下がる敵への対処が先だ。

「引き起こせ。二、三番機は左に旋回！」

ロスは、小隊の二機に下令した。

操縦桿を手前に引いて、引き起こしをかけた。

下向きの遠心力がかかり、全身が鉛《なまり》と化したように重くなる。しばし目の前が暗くなり、意識が飛び去りそうになる。

パイロットにとっては、最も危険な瞬間だ。意識が薄れているところに銃撃を受ければ、容易《たやす》く撃墜される。

幸い、敵機の銃撃はなかった。

機体を水平に戻すや、ロスは右に旋回した。

三機に減少した小隊が、左右に分かれたのだ。

ロスはバックミラーを見、敵機の動きを確認した。

Ｂｆ１０９二機が追随して来る。こちらが一機になったため、与《くみ》し易《やす》しと見たようだ。

鏡に映る機影が、次第に拡大する。

エンジンを強化した改良型のようだ。速度性能はＦ６Ｆより高い。

ロスは、操縦桿を左に倒した。

Ｆ６Ｆが大きく傾き、左に旋回した直後、右の翼端付近を太い火箭が通過した。

一旦距離が離れたＢｆ１０９が、再び距離を詰めて来る。

ロスは、再び右旋回をかける。

右、左、右と旋回を繰り返し、ぎりぎりのところで射弾をかわす。

六度目の旋回をかけたとき、後方で爆発が起こり、Ｂｆ１０９一機が姿を消した。

敵機がロス機を墜とそうと躍起《やっき》になっている隙《すき》を、二番機のジャック・ルイス大尉と三番機のケリー・グッドウィル中尉が衝《つ》いたのだ。

残った一機のＢｆ１０９が、機体を横転させて離脱を図るが、その前にＦ６Ｆ二機の一二・七ミリ機銃が火を噴いている。

無数の青白い曳痕が、奔流のようにＢｆ１０９を押し包み、敵機は一瞬でばらばらになる。

ロスは自ら囮《おとり》役を務め、ルイスとグッドウィルに二機を墜とさせたのだ。

周囲では、Ｆ６ＦとＢｆ１０９が入り乱れての戦いが展開されている。

Ｂｆ１０９は、機首から二〇ミリ弾の太い火箭を放つが、Ｆ６Ｆは両翼からぶち撒けるような形で、無数の一二・七ミリ弾を発射する。

Ｂｆ１０９の射弾は鋭い一本の槍だが、Ｆ６Ｆの射弾は、さながら投網だ。多数の射弾で目標を搦め捕る。

「メッサー三機、後ろ上方！」

グッドウィルが、緊張した声で報告する。

新たな敵機が、後方に回り込んでいたのだ。

「俺に続け！」

咄嗟に、ロスは命じた。操縦桿を左に倒し、エンジン・スロットルを開いた。

Ｆ６Ｆが大きく傾斜し、急角度の旋回を開始する。尻がシートにめり込まんばかりのＧがかかり、全身が重くなる。

ともすれば、操縦桿から手を離しそうになるが、ここが我慢《がまん》のしどころだ。強烈なＧに耐え抜いた方が、この場の勝者となれる。

ロスは旋回しつつ、前方を見る。

Ｂｆ１０９三機も機体を大きく倒し、ロスの小隊を追っている。

ほっそりしたＢｆ１０９に比べ、Ｆ６Ｆはお世辞《せじ》にもスマートとは言えない。

Ｂｆ１０９を体操選手とすれば、Ｆ６Ｆは重量挙げやハンマー投げの選手だ。力では体操選手を上回っても、身軽な動きをするようには見えない。

にも関わらず、Ｆ６ＦはＢｆ１０９との距離を詰めてゆく。Ｂｆ１０９の尾部が、たぐり寄せるように近づいて来る。

「喰らえ！」

一声叫び、ロスは機銃の発射ボタンを押した。

両翼に発射炎が閃き、青白い曳痕がほとばしった。射弾は、敵三番機の面前《めんぜん》に突き出される形になった。

一二・七ミリ弾が、尖った鼻面からコクピットにかけて突き刺さる。エンジンから炎と煙が噴き出し、コクピットの風防ガラスが割れ砕け、ガラス片が陽光を反射しながら宙に舞う。

ロスは続けて二番機を狙うが、Ｂｆ１０９の一、二番機は、水平旋回から垂直降下に移り、離脱する。

「飛行機は見かけによらないんだよ、ドイツ人」

ロスは、敵に呼びかけた。

Ｆ６Ｆは機体が太く、鈍重《どんじゅう》そうに見えるが、運動性能は高い。一撃離脱だけではなく、旋回格闘戦にも対応できる。

「魔女《ヘルキャット》」を意味する機名通り、箒《ほうき》に乗って空を自在に飛び回る魔女のような機体なのだ。

Ｂｆ１０９のパイロットはＦ６Ｆの機体を見て、格闘戦なら勝てると思ったのかもしれないが、その判断が命取りになったのだ。

周囲では、まだ彼我《ひが》入り乱れての混戦が続いているが、戦況はイギリス側に有利だ。

Ｆ６Ｆがさほど減っていないのに対し、Ｂｆ１０９の数は少ない。戦闘開始の時点に比べ、半数以下に減少したように見える。

Ｆ６Ｆの分厚《ぶあつ》い防弾装甲と一二・七ミリ機銃六丁の兵装が、乱戦を制したのかもしれない。

「俺に続け！」

ロスはルイスとグッドウィルに呼びかけ、左の水平旋回をかけた。

Ｆ６Ｆと戦っているうちに高度が下がり、ハリントン飛行場に近づいている。

駐機場や滑走路脇の掩体壕に敷き並べられている敵機に、機銃掃射《そうしゃ》をかけるのだ。

ロスは、エンジン・スロットルを目一杯開いた。

アメリカ製の二〇〇〇馬力エンジンが雄叫《おたけ》びのような咆哮《ほうこう》を上げ、第一小隊三機のＦ６Ｆは、ハリントン——今はドイツ軍の航空基地になっている祖国の飛行場に突進した。


日本海軍第三艦隊の攻撃隊は、英軍の攻撃隊と入れ替わる形で戦場に到着した。

塗装と国籍マークが異なるだけで、性能は同じ戦闘機同士が、爆音を轟かせながらすれ違う。

英軍の指揮官機から「幸運を《グッド・ラック》」の一言が送られ、日本軍の指揮官は「感謝する《サンクス》」と返答する。

既に戦闘を終えたF6Fは西へと飛び去り、これから戦いに臨む三式艦戦「炎風」は東方へ——英本土の内陸へと向かってゆく。

「左前方、敵飛行場。リトル・ストートンと認む」

「大龍」艦戦隊第二中隊長桑原《くわばら》寿《ひさし》大尉のレシーバーに、第三部隊攻撃隊の指揮官を務める熊野《ゆうの》澄夫《すみお》少佐の声が響いた。

　桑原は後方を見、指揮下の全機が追随していることを確認した。

　シチリア沖海戦の終了後、桑原は大尉に昇進すると同時に、第一中隊第二小隊長から第二中隊長に異動している。

　自機を含めて一個小隊四機を率いていた身が、二個小隊八機の指揮を委ねられたのだ。

　階級が上がり、指揮下の兵力が増えるのは有《あ》り難《がた》いが、責任も重くなる。

　指揮官は、自身の戦果よりも部隊全体の戦果を考えねばならない立場だが、その役割が、これまで以上に大きくなったのだ。

　熊野機が左に旋回し、第一中隊の七機も倣った。

　桑原も一中隊に続いて、左旋回をかけた。

　今のところ、周囲に敵機の姿はない。「敵機発見」の報告もない。

　攻撃隊は、リトル・ストートンの敵飛行場を迂回《うかい》し、北東に向かう。同地よりも内陸にあるキンボルトンの敵飛行場が攻撃目標だ。

　第一部隊、第二部隊の攻撃隊も、より内陸にあるチェルベストン、グラフトン・アンダーウッドの両飛行場を攻撃する予定になっていた。

　さほど時間が経たぬうちに、攻撃目標のキンボルトン飛行場が視界に入り始めた。

　二本の滑走路を組み合わせた、中程度の規模を持つ飛行場だ。

　英国内の抵抗組織からもたらされた情報によれば、ドイツ軍は大規模な飛行場に多数の機体を集中させるのではなく、中小規模の飛行場を多数建設し、各々《おのおの》に一個中隊乃至二個中隊程度の部隊を展開させているという。

一度の空襲で大きな損害を受け、制空権を喪失しないための措置《そち》であろう。

攻撃隊が、飛行場に近づいた。

敵機の姿はまだ見えない。先行した英軍の攻撃隊が、敵機を一掃したとは思えなかったが――。

「熊野一番より全機へ。地上攻撃をかける。『大龍』隊は指揮官機に続け。他隊は上空にて援護せよ」

熊野が、落ち着いた声で下令した。

地上銃撃の間、頭上から敵機の攻撃を受けないよう、「神龍」「神鳳」「海鳳」の艦戦隊が「大龍」隊の頭上を守るのだ。

他の三空母の艦戦隊が地上を攻撃するときには、「大龍」隊が援護役を務める。

熊野機が機首を押し下げて降下に移り、第一中隊の七機が続く。

「二中隊、続け！」

桑原は麾下七機に下令し、操縦桿を前方に押し込んだ。

炎風が機首を下げ、降下を開始した。

高度計の針が反時計回りに回転し、地上がせり上がる。

イタリア領リビアやシチリア島を攻撃したときにも感じたことだが、機種転換前に乗っていた零戦に比べ、降下速度が格段に大きい。飛行場の滑走路や付帯設備――指揮所、格納庫、倉庫、掩体壕等が、みるみる拡大する。

駐機場に、Ｂｆ１０９とおぼしき多数の機体と、搭乗員、整備員の姿が見える。

「しめた！」

桑原は、状況を察知した。

先に英軍と交戦したＢｆ１０９のうち、多くがキンボルトンに降りたのだ。

再出撃に備えるべく、燃料、弾薬の補給を受けようとしていたところで日本軍の攻撃隊が飛来したため、飛び立つ機会を失ったのだろう。

熊野も好機《こうき》到来と判断したのだろう、第一中隊を駐機場に誘導する。

桑原の第二中隊も、一中隊に続く。
一、二中隊の後ろ上方には、太田三郎《おおたさぶろう》大尉の第三中隊、吉田博《よしだひろし》中尉の第四中隊が占位し、援護の態勢を取っている。
敵機が出現する様子はない。

二個中隊一六機の炎風は、総指揮官機を先頭に、地上すれすれの低空へと舞い降りてゆく。

地上の複数箇所に、発射炎が閃いた。先頭の熊野機に集中するように、複数の火箭が殺到して来た。

「危ない！」

桑原は、思わず叫んだ。熊野機が炎に包まれ、地上に叩き付けられる光景が脳裏《のうり》に浮かんだ。

熊野機には、何も起こらない。殺到する敵弾などものともせず、一中隊の先頭に立ち、敵機の列線《れっせん》に突っ込んで行く。米国製の太く逞しい機体が、機銃弾を弾き飛ばしているようにも感じられる。

熊野機が射弾を放ったのだろう、駐機場のＢｆ１０９一機の機首に、火焔《かえん》が躍った。

二番機以降の各機もＢｆ１０９に取り付く。

居並《いなら》ぶ機体から、ジュラルミンや風防ガラスの破片が飛び散る。主翼や胴体には破孔が穿《うが》たれ、補助翼や昇降舵、方向舵が吹き飛ばされる。

着陸脚を破壊された機体はその場に擱座し、機首に一撃を喰らった機体は、炎と黒煙を噴き上げ、燃料タンクの引火爆発を起こして、機体全体が炎の塊と化す。

炎風一機――第二小隊長花田治《はなだおさむ》中尉の機体が被弾し、火を噴く。

花田機は上昇を試みるが、そこに新たな射弾が命中し、機体が大きくよろめく。

複数箇所に被弾し、もはやこれまでと判断したのだろう、花田機は機首を押し下げ、Ｂｆ１０９の列線に突っ込む。

炎が駐機場をのたうち、複数のＢｆ１０９が残骸となって吹き飛ぶ。

第一中隊の七機が上昇に転じたとき、キンボルトン飛行場の駐機場は、炎と黒煙に包まれていた。燃料タンクや、弾倉内の銃弾が誘爆を起こしているのか、時折黒煙の中で小爆発が起こり、火の粉が飛び散る。

「二中隊の攻撃は必要ないな」

桑原が呟いたとき、

「前上方、敵機！」

中隊二番機を務める香月明雄《こうつきあきお》上等飛行兵曹の声が、レシーバーに響いた。

桑原は咄嗟に顔を上げ、前上方を見た。

たった今、地上銃撃を終えた第一中隊に押し被さるようにして、一群の敵機が降下して来る。

敵の新手《あらて》が出現したのだ。

第一中隊が左右に分かれ、回避行動に移る。

ほとんど同時に、敵機の機首に発射炎が閃き、真っ赤な太い曳痕が噴き延びる。

熊野少佐の第一小隊は、辛くも被弾を免れたが、第二小隊が捕まった。

二番機がコクピットの正面から射弾を突き込まれ、三番機が右主翼の中央に被弾した。

操縦者を失った二番機が、真っ逆さまに墜落し、片方の主翼を傷つけられた三番機がよろめく。

三番機は姿勢を立て直そうとするが、新たな敵機が次々と射弾を撃ち込み、叩き伏せられるような格好で地上に落下する。

「一小隊、右。二小隊、左だ！」

桑原は、麾下の二個小隊に指示を送った。

直率する第一小隊の三機を率い、右に旋回する。

第二小隊は一番機が先頭に立ち、左旋回をかける。

二小隊の指揮官前沢稔《まえさわみのる》上等飛行兵曹は、長く桑原の二番機を務めていたベテランだ。中隊長としては、安心して部隊の半分を預けられる部下だった。

視界の中に、Ｂｆ１０９四機が入る。熊野少佐の第一小隊に追いすがっている。

桑原の小隊は、Ｂｆ１０９の横合いから仕掛けることになる。

桑原は右旋回をかけつつ、Ｂｆ１０９との距離を詰めた。

敵二番機の未来位置を狙い、発射ボタンを押した。

両翼に発射炎が閃き、青白い曳痕の束が敵機に殺到した。

射弾は後方に逸れたが、敵の三、四番機が機体を倒し、急角度の水平旋回をかけた。第一小隊の左前方から、斬込むように突っ込んで来た。

「三、四番機は引き受けます！」

「任せた！」

小隊三番機に搭乗する池田康平《いけだこうへい》一等飛行兵曹の声がレシーバーに響き、桑原は即座に応答を返す。

敵の三、四番機は、小隊の三、四番機に任せ、自身は香月上飛曹の二番機と共に敵機を追う。

敵の一、二番機――二機のＢｆ１０９は、第一小隊の三、四番機を狙っているようだ。

「やらせぬ！」

一声叫び、桑原は敵機の右後方から突進した。敵二番機と一番機の間を狙い、一連射を放った。

両翼の前縁に発射炎が閃き、無数の青白い火箭がほとばしる。

今度は狙い過《あやま》たず、敵二番機のコクピットから胴体後部にかけて命中した。

胴体内のワイヤーを切断されたのか、二番機が大きくよろめく。

桑原は一気に距離を詰め、新たな射弾を叩き込む。

今度はコクピットに命中し、敵機は真っ逆さまに墜落し始めた。

敵一番機の搭乗員は新たな強敵に気づいたのだろう、機体を横転させ、降下に移る。

桑原は、敢《あ》えて深追いしない。

敵の数は多いのだ。特定の一機を追うより、新たな目標を狙った方がよい。

「中隊長、後ろ上方！」

香月の叫びが飛び込んだ。

桑原は、咄嗟に操縦桿を右に倒した。

横転した炎風の左翼端を、敵弾がかすめる。

二機のＢｆ１０９が、桑原機の頭上を前方へと通過する。

桑原が機体を水平に戻したときには、Ｂｆ１０９二機は反転し、前上方から向かって来る。

桑原は、操縦桿を左右に倒した。炎風の機体が振り子のように振られ、Ｂｆ１０９の太い火箭に空を切らせた。

桑原も敵機の正面から射弾を放つが、僅かに遅れる。両翼から放った一二・七ミリ弾は、虚空《こくう》だけを貫いている。

桑原は、左の垂直旋回をかけた。

炎風が横倒しになり、左の翼端を支点にするような形で半回転した。

零戦搭乗時に、繰り返し用いた空戦技術だ。最小限の半径で旋回を終え、敵機の背後に食らいつく。

香月も、桑原に付き従う。

中隊二番機になってからは日が浅いが、実戦経験を積んだベテランだ。桑原機の動きに遅れることなく追随する。

新たなＢｆ１０９が二機、桑原機の右前方から向かって来る。

桑原も受けて立つ。後方に香月機を従え、敵機の正面から突進する。

発砲は、桑原の方が早かった。

両翼からほとばしった多数の曳痕が、Ｂｆ１０９の正面から殺到した。

敵一番機が、曳痕の奔流に呑み込まれる。エンジン・カウリングを引き裂かれ、コクピットを粉砕され、炎と黒煙を引きずりながら姿を消す。

敵一番機の射弾は、桑原機の右脇を通過する。

一二・七ミリ機銃六丁が二〇ミリ機銃一丁を、弾量で圧倒した形だ。

二番機も正面から突っ込んで来るが、こちらは香月機が仕留める。

一二・七ミリの射弾が右主翼を付け根から吹き飛ばし、片方の揚力を失った機体が、錐揉み状になって墜落する。

敵機は、なおも仕掛けて来る。

桑原は香月を従え、水平旋回、垂直降下、あるいは正面攻撃を駆使し、敵機に立ち向かう。

零戦搭乗時に駆使した緩横転《スロー・ロール》、宙返り、上昇反転といった空戦技術を用いる余裕はない。混戦状態の中で、そのような機動を見せれば、隙を衝かれる。

使用できるのは、水平旋回や垂直降下がせいぜいだった。

果てしなく続くかに感じられた空中戦も、終息するときが来た。

Bf109が、潮が引くように引き上げる。

攻撃隊は、追い打ちをかけない。

英本土の内陸には、まだまだ多数の敵機が待ち構えていることが予想される。

燃料、弾薬を補給し、出直した方が得策だ。

「熊野一番より全機へ。帰投する」

熊野の声が、レシーバーに響いた。

総指揮官も、乱戦を生き延びたようだ。

「桑原一番より二中隊、集まれ」

桑原は、麾下の炎風に下令した。

二中隊の残存機は、桑原機を含めて六機。乱戦の中で、二機が未帰還となったのだ。

桑原は、黒煙を上げ続けている敵飛行場を見やり、一言投げかけた。

「また――いや、何度でも来るぜ、ドイツ軍。貴様らの機体がいなくなるまでな」

4

このとき、遣欧艦隊旗艦「武蔵」と姉妹艦「大和」は、第五戦隊の重巡「足柄」「那智《なち》」と共に、第三艦隊第一部隊の護衛に付いている。

正規空母と小型空母各三隻を中心とする部隊だ。

戦闘が始まってから、「武蔵」の長官公室には、第三艦隊と英国海軍S部隊から、次々と情報が入っている。

机上に広げられているのは、「英国要域図」と題された地図だ。

英本土内におけるドイツ空軍の飛行場は、航空機のマークで表示されている。

使用不能に陥《おとしい》れた飛行場には、射線二本が入れられるが、今のところ、そのような敵飛行場はない。

ロンドン近郊を中心に、二一箇所が設けられている敵飛行場のうち、損害を与えたのは六箇所に留まっている。

これは、第三艦隊、S部隊共に、

「序盤では艦戦隊のみを出撃させ、敵戦闘機の掃討を図る。敵の戦闘機隊を撃滅《げきめつ》したと判断した時点で、艦上爆撃機、艦上攻撃機を出撃させ、敵飛行場を叩く」

との方針を定めているためだった。

「艦爆、艦攻を繰り出して、飛行場を直接叩かせた方がよいのではないか？」

「焦《あせ》りは禁物です」

首席参謀高田利種大佐の意見に、航空参謀吉岡忠一中佐が異議を唱えた。

「敵戦闘機の掃討が不充分な状態で、艦爆、艦攻を出撃させれば、多数が投弾前に撃墜され、敵飛行場への攻撃が不充分になります。機動部隊の作戦方針に従うべきです」

「しかし、これでは埒《らち》があかぬ。ドイツ軍にしてみれば、大陸側から幾らでも増援を送り込めるのだ。飛行場を直接叩いて、使用不能に陥れぬ限り、英本土の制空権は確保できぬぞ」

難しい表情の高田に、作戦参謀芦田優中佐が言った。

「ドイツ軍にも、送り込める増援の数には限りがあります。今しばらく、戦況を見守るべきです」

ドイツ空軍が西部欧州に展開させている機体の数は、現地の抵抗組織や、スパイからもたらされた情報によって判明している。

ドイツ空軍は、西部欧州に展開する空軍部隊の大半を英本土に集中しており、大陸側のフランス、ベルギー、オランダ等には、二〇〇機程度の予備兵力を置いているだけだという。

ヒトラーにとり、主敵はソ連であり、空軍部隊の過半が東部戦線に集中しているためだ。

英本土の敵機を叩いてしまえば、西部欧州におけるドイツ空軍部隊は無力化できる。

第三艦隊、S部隊が採《と》っている作戦方針は、その目標に沿ったものです――と、芦田は説明した。

「今日一日で、全てが終わるわけではない」

黙《だま》ってやり取りを聞いていた司令長官小林宗之助大将が口を開いた。

「英本土における敵の航空基地を全て制圧するには、最低でも三日程度を要すると、事前に見積もられていた。今日の午前中で、敵飛行場二一箇所中六箇所を叩いたのであれば、作戦は順調とみるべきだ。また、航空作戦については小沢に任せている。後方からの口出《くちだ》しは控えたい」

遣欧艦隊が編成され、第三艦隊がその指揮下に委ねられて以来、指揮は一貫して小沢治三郎中将が執っている。

一連の戦いを通じて、小林は小沢の作戦指揮を目《ま》の当たりにしている。

今回もこれまで同様、勝利を収めてくれるはずだ、と小林は力のこもった声で言った。

その数分後、「武蔵」の電測室から、緊張した声で報告が上げられた。

「対空用電探《でんたん》、感三。方位六五度、八〇浬」

「来たか」

参謀長青木泰二郎少将が唸《うな》り声を発した。

「大龍」の初代艦長に任じられ、対空戦闘を何度も指揮した経験から、敵機が接近しつつあると判断したのだ。

「長官、敵の攻撃隊と判断します」

「三艦隊旗艦に連絡せよ。『本艦ノ対空用電探ニ感有リ。方位六五度、八〇浬』と」

小林は、落ち着いた声で命じた。

「武蔵」の通信室から第三艦隊旗艦「大鳳」に、

「本艦の対空用電探に感あり。方位六五度、八〇浬」

との通信波が送られてから数分後、第三艦隊旗艦「大鳳」より全艦に宛《あ》て、

「上空警戒第一配備」

の命令電が送られた。

直衛を担当する小型空母が、次々と風上に転舵し、飛行甲板で待機していた炎風が、爆音を轟かせながら発進し始めた。

最初に空襲を受けたのは、英国海軍のS2部隊だった。

本国艦隊旗艦「プリンス・オブ・ウェールズ」の艦橋からは、空中戦の戦場が、そのまま艦隊の上空に接近して来たように感じられた。

「タイプ・スリーの使用は無理だな」

艦長ジョン・リーチ大佐の言葉が、加倉井憲吉中佐の耳に届いた。

タイプ・スリーとは、対空・対地射撃用の三式弾《さんしきだん》を、英戦艦の主砲に合わせて製造したものだ。

敵編隊に向けて発射すれば、焼夷《しょうい》榴散《りゅうさん》弾と弾片が広範囲に飛び散り、危害直径内の敵機を一網《いちもう》打尽《だじん》に撃墜する。

だが、空中戦の戦場は、彼我の機体が入り乱れての混戦状態だ。この状態でタイプ・スリーを撃てば、味方機を巻き添えにする危険がある。

「艦長より砲術。両用砲は、全て空母の援護に向けよ。本艦は、機銃のみで防御する」

リーチは、射撃指揮所に下令した。

本国艦隊司令長官ジェームズ・ソマーヴィル大将は、特に指示を下さない。

航空戦の指揮は、Ｓ部隊司令官アーサー・Ｅ・パリサー少将に委ねているのだ。

空母の周囲に展開する各艦は、まだ沈黙している。

敵機は、味方の直衛機と戦いながら距離を詰めて来る。

加倉井は、双眼鏡を敵機に向けた。

まだ距離があるため、機種名まではっきり分からない。分かるのは、双発機であることだけだ。

「敵機は双発機。ヴュルガーです！」

「人の機体を、好き勝手に使いやがって！」

見張員の報告を受け、リーチが罵声を漏らした。

ヴュルガーがデ・ハビランド社の機体であることは、既に判明している。シチリア島を巡る戦いで、本来の祖国やその盟邦――英国と日本を苦しめたことも。

英国製の機体を英軍にぶつけて来る、というやり口が、リーチには我慢ならない様子だった。

「どこで作られたものであれ、我が艦隊に向かって来る以上は敵だ」

厳しい口調で、ソマーヴィルが言った。敵を前にして妙な感情は抱くな、と言いたげだった。

「おや……？」

上空を見上げていた加倉井は、違和感を覚えた。

ヴュルガーは最大時速六〇〇キロを超える高速機だが、運動性能では単発戦闘機より遥かに劣る。空中戦になれば、Ｆ６Ｆが有利なはずだ。

にも関わらず、ヴュルガーはＦ６Ｆ相手に互角の戦闘を展開しているように見える。

「どうした？」

「上空のヴュルガーは――」

参謀長フレデリック・サリンジャー少将の問いに答えようとしたとき、通信室から報告が上げられた。

「直衛隊指揮官より報告。『ヴュルガーは爆撃機にあらず。単座の戦闘機なり』！」

「上空の機体は囮です。敵機は、低空から来ます！」

加倉井は叫び声を上げた。

ヴュルガーは元々、低空からの攻撃を得意とする機体だ。トリポリの飛行場に対する攻撃でも、シチリア沖海戦でも、低空からの進入で電探の探知をかわし、日本軍の飛行場や艦隊に肉薄《にくはく》している。

敵は、戦闘機型のヴュルガーでＦ６Ｆを誘い出し、その隙に低空から、爆撃機型のヴュルガーを突入させるつもりなのだ。

「全艦隊に警報を――」

サリンジャーが言いかけたとき、隊列の前方で発射炎が閃いた。

巡洋艦、駆逐艦の対空射撃だ。

「『ドーセットシャー』より報告。『右四五度に敵機。低空より接近』！」

「『コーンウォール』より報告。『左六〇度に敵機。低空より接近』！」

通信室からの報告が、砲声に重なった。

敵機は、左右からの挟撃《きょうげき》をかけて来たのだ。

「艦長より砲術。敵機は低空から来る。射程内に入り次第、射撃開始！」

リーチが射撃指揮所に命じた。

艦上に、小太鼓《こだいこ》を連打するような砲声が轟いた。

米国から買い入れた一二・七センチ連装両用砲だ。

英国の軍艦が装備していた一三・三センチ両用砲は、砲弾の補給ができないため、全て米国製の砲に換装している。

砲声の合間を縫《ぬ》うように、

「『キング・ジョージ五世』射撃開始」

「『デューク・オブ・ヨーク』射撃開始」

見張員が僚艦の動きを報告する。

「英海軍も変わった」

砲声を聞きながら、加倉井は呟いた。

大英帝国海軍の戦術思想は大艦巨砲主義であり、戦艦こそ海軍の主力と位置づけて来た。

空母は補助戦力の扱いだったのだ。

その英海軍が、最新鋭戦艦三隻を空母の護衛に用いている。

第二次英本土航空戦《バトル・オブ・ブリテン》における敗北が本土の失陥《しっかん》に繋がったためか、あるいは亡命後、日本海軍の航空主兵思想を取り入れたためか、英海軍もまた、空母を艦隊の主力と位置づけるようになったのだ。

今やS2部隊は、輪型陣の外郭《がいかく》を固める全艦が、一二・七センチ両用砲を水平に近い角度まで倒し、低空から突っ込んで来る敵機に猛射を浴びせている。

海面には、弾片の落下で無数の飛沫が上がっている。英本土沖の海が、真っ白に染まっているようだ。

三機のヴュルガーが一二・七センチ砲弾の弾片に捉えられたのだろう、続けざまに火を噴き、海面に叩き付けられる。

各艦の艦上に新たな発射炎が閃き、無数の曳痕がほとばしる。

射程内に入ったヴュルガー目がけ、ボフォース四〇ミリ四連装機銃が射撃を開始したのだ。

「プリンス・オブ・ウェールズ」の艦上にも、重々《おもおも》しい連射音が響き、右舷側海面に無数の曳痕が飛んで行く。

口径四〇ミリの大口径機銃だけに、曳痕の一つ一つが握り拳《にぎりこぶし》のように大きい。

その鉄拳《てっけん》が、ヴュルガー一機を正面から捉える。機首を撃砕されたヴュルガーが、ひとたまりもなく海面に叩き墜とされ、飛沫を上げる。

二機目、三機目、四機目と、ヴュルガーは次々と被弾し、火を噴いて墜落して行く。

「空母への投弾は阻止できそうだな」

サリンジャーが呟いたとき、

「『デューク・オブ・ヨーク』被弾！」

の報告が飛び込んだ。

加倉井は、左舷側に顔を向けた。

「デューク・オブ・ヨーク」は、空母を挟《はさ》んで輪型陣の反対側に位置するため、状況ははっきり分からない。

ただ、褐色《かっしょく》の砲煙に混じって、黒煙が立ち上る様が遠望《えんぼう》される。

「『ドーセットシャー』被弾!」

「『コーンウォール』被弾!」

の報告が、続けて上げられる。

ヴュルガーは、護衛艦艇に投弾しているのだ。

「奴らの狙いは、空母ではなかったのか⁉」

「臨時に目標を変更したのかもしれません」

叫び声を上げたサリンジャーに、作戦参謀のヘンリー・ハミルトン中佐が言った。

強力な護衛に守られた空母を無理に攻撃しようとすれば、多数が撃墜され、作戦失敗に終わる可能性が高い。

戦果ゼロに終わるよりも、手近な目標を攻撃し、少しでも英艦隊に損害を与えた方がましだ。

敵の指揮官は、そのように考えたのではないか、とハミルトンは推測した。

更に駆逐艦二隻が被弾し、黒煙を噴き上げる。

一隻は、「プリンス・オブ・ウェールズ」の正面に位置していた艦だ。

誘爆を起こしたのか、艦上で大爆発が起こり、無数の破片が艦の両舷に飛び散る。

湧き出した大量の黒煙は、「プリンス・オブ・ウェールズ」の艦上にまで漂《ただよ》い流れ、しばし艦の視界を遮る。

その「プリンス・オブ・ウェールズ」に、敵機の爆音が迫った。

「敵機、右舷至近!」

見張員が叫んだ直後、黒煙が吹き払われ、間近に迫った敵機が見えた。艦橋からは、突然敵機が目の前に出現したように感じられた。

爆音が続けざまに、「プリンス・オブ・ウェールズ」の艦上を通過した。

艦の後部から炸裂音が届き、衝撃が伝わった。

「我、空襲を受く」というS2部隊からの報告が受信されたとき、第三艦隊隷下の各部隊もまた、敵機の攻撃にさらされていた。

「敵約二〇機、右六〇度より接近。高度〇一《マルヒト》（一〇〇メートル）！」

「敵約一五機、左四五度より接近。高度〇一《マルヒト》（一〇〇メートル）！」

第三部隊旗艦「大龍」の艦橋に報告が上げられたときには、海面近くの低空で戦闘が始まっている。

電探にかからぬよう、海面付近の低空を突き進んで来た敵の双発爆撃機に、直衛の炎風が突進し、前上方から火箭を撃ち込む。

被弾した敵機は、ネジを回すように回転しながら海面に激突する。

一瞬、海面に炎が躍るが、すぐに大量の飛沫が炎を消し止め、残骸はうねりの中に消えてゆく。

「毎回、狙われるな」

第三部隊を指揮する第四航空戦隊司令官角田覚治中将は、首席参謀小田切政徳大佐と顔を見合わせ、苦笑した。

事実、第三艦隊に所属する空母の中で、空襲を受けた回数が最も多いのは「大龍」だ。

初陣となったジブチ攻撃から、昨年一〇月のシチリア沖海戦まで、「大龍」が敵機の攻撃を受けなかったことはない。

機動部隊が、二部隊から三部隊に分かれて行動するようになってからも、「大龍」が所属する部隊は、必ず敵機の標的となった。

元が米空母の「レキシントン」——世界最大の空母として名を馳《は》せた艦だけに、目立つということもあるだろうが、「大龍」で指揮を執り続けている身としては、この艦に敵を引き寄せる何かがあるのではないか、と思わずにはいられない。

とはいえ、「大龍」は過去の攻撃全てを切り抜けて来た。飛行甲板に破孔を穿たれ、発着艦不能に陥れられても、修理を施され、戦列に復帰した。

今回も切り抜けられるはずだ――角田はそう考えながら、戦況を見守った。

海面付近では、炎風と敵機――ヴュルガーの戦闘が繰り広げられている。

ヴュルガーは足の速さを活かし、遮二無二《しゃにむに》突撃しようとしているが、炎風は前から、あるいは後ろから、射弾を浴びせている。

正面から一二・七ミリ弾を浴びたヴュルガーは、コクピットを破壊され、あるいはエンジン・カウリングを引き裂かれて火を噴く。

後方から炎風に喰らいつかれたヴュルガーは、水平尾翼や垂直尾翼を吹き飛ばされてよろめき、エンジンや主翼を後方から撃たれて、炎と煙を引きずる。

シチリア沖海戦で初めて戦ったときには、捕捉が難しかったヴュルガーだが、炎風の搭乗員も、ヴュルガーを相手取るときのコツを摑んだようだ。

低空を高速で突進するヴュルガーが、一機また一機と火を噴き、空中から姿を消してゆく。


「新たな敵編隊接近。方位七五度、二〇浬！」

「大龍」電測長の岩井千吉《いわいせんきち》大尉が報告した。

「直衛機に通信。『敵機、方位七五度、二〇浬』」

青木泰二郎少将に代わって「大龍」艦長に任ぜられた荘司喜一郎《しょうじきいちろう》大佐が通信長に指示を送る。

第三部隊の直衛機は、小型空母の「神鳳」「海鳳」から一六機ずつ、合計三二機だ。うち半数が海面付近に、半数が高度四〇〇〇メートルに展開している。

ドイツ軍がしばしば、高空と低空の二面攻撃をかけて来るため、日本側も対抗して、高空と低空の両方に直衛隊を配置したのだ。

「ヴュルガー、離脱します。遁走《とんそう》する模様！」

「左一五度に敵機。高度六〇《ロクマル》（六〇〇〇メートル）！」

二つの報告が、連続して上げられた。

「六〇《ロクマル》だと⁉」

航空参謀奥宮正武《おくみやまさたけ》少佐が叫んだ。

直衛機との高度差は二〇〇〇メートルだ。その高度差を詰めるのに、二分程度はかかる。

投弾までに墜とせるだろうか、と言いたげだ。

角田は、上空に双眼鏡を向けた。

敵機は整然たる編隊形を組んだまま、艦隊上空に接近して来る。

一五機前後の梯団《ていだん》が二隊だ。

「敵機はグライフと認む！」

「まずいぞ」

艦橋見張員の報告を聞き、小田切が顔色を変えた。

グライフであれば、シチリアで英空母「イラストリアス」を撃沈し、同「ヴィクトリアス」「コロッサス」を大破させた誘導滑空爆弾を搭載している可能性がある。

当時の日本軍では、無線操縦のグライダーに爆弾を搭載し、空母に突入させたものと推測していたが、撃墜したドイツ機の搭乗員捕虜《ほりょ》を尋問《じんもん》した結果、「フリッツX」と呼ばれる無線操縦式の誘導滑空爆弾であることが判明したのだ。

フリッツXは破壊力が大きい。命中すれば、「大龍」や「神龍」もただでは済まない。

高度四〇〇〇で待機していた炎風が急上昇をかけ、海面付近でヴュルガーと戦っていた炎風も上昇に転じるが、すぐには間に合わない。

グライフの編隊は、悠然《ゆうぜん》と距離を詰めて来る。

不意に、「大龍」の後方から轟然たる砲声が届いた。

「『霧島《きりしま》』『比叡《ひえい》』発砲！」

の報告が、それに続いた。

輪型陣の後方に位置していた第一一戦隊の高速戦艦二隻が、三五・六センチ主砲を発射したのだ。

待つことしばし、空中の八箇所に爆炎が湧き出し、無数の火の粉が漏斗《ろうと》状に飛び散った。

敵の第一梯団が、大きく崩れた。

四機が黒煙を引きずりながら落伍し、残った機体も、他機との間隔が大きく開いた。

「うまいぞ！」

角田は快哉《かいさい》を叫んだ。

二隻の戦艦は、敵編隊の直中《ただなか》に三式弾を撃ち込み、編隊形を崩したのだ。

敵の隊列がばらばらになったところに炎風が突っ込み、グライフに食らいつく。

エンジンに被弾したグライフは、炎と黒煙を引きずりながら高度を下げ、コクピットを破壊されたグライフは機首を大きく傾け、火も煙も噴き出すことなく海面へと落下する。

グライフは、群れからはぐれた草食獣が肉食獣の餌食《えじき》となるように、一機また一機と墜落してゆく。

「第二梯団、接近します！」

艦橋見張員が叫んだ。

「霧島」「比叡」の砲撃が崩したのは、敵の第一梯団だけだ。第二梯団――一五機前後のグライフが、第三部隊上空に接近して来る。

「航海、取舵一杯！」

「取舵一杯。宜候！」

荘司艦長の命令を受け、航海長三浦義四郎《みうらよししろう》中佐が即座に復唱を返した。

三浦が操舵室に「取舵一杯」を命じるが、舵はすぐには利《き》かない。基準排水量三万六〇〇〇トンの巨体は、直進を続ける。

隊列の前方で発射炎が閃き、褐色の砲煙が湧き出した。

輪型陣の前方を固める軽巡「矢矧《やはぎ》」と第三三駆逐隊の夕雲《ゆうぐも》型駆逐艦が、対空射撃を開始したのだ。

後方に位置する艦――第五戦隊の妙高型重巡も、遣欧艦隊本隊から分派された陽炎《かげろう》型駆逐艦も、六〇〇〇メートル上空のグライフ目がけ、射弾を撃ち上げる。

グライフの周囲や隊列の直中に黒い爆煙が湧き出すが、撃墜には至らない。敵機は編隊形を保ち、悠然と前進して来る。

敵機が輪型陣の内側に侵入した直後、「大龍」の舵が利き始め、艦首が大きく左に振られた。

四航戦の二番艦「神龍」も、六航戦の小型空母「神鳳」「海鳳」も、回避運動を開始する。

　フリッツXに対し、回避運動がどこまで有効なのかは分からないが、直進を続けるよりは命中確率を下げられるはずだ。

「敵弾、本艦に向かって来ます！」

「艦長より砲術。目標、落下中の敵弾。射撃開始！」

見張員の報告を受け、荘司は砲術長山崎昭彦《やまさきあきひこ》少佐に命じた。

　シチリア沖海戦の際、英軍の小型空母「コロッサス」が落下中のフリッツXを射撃し、空中で爆発させたことがある。

　爆発したのが艦橋の至近だったため、艦長以下の先任将校多数が戦死する惨事《さんじ》を招いたが、直撃を免れたことは間違いない。

　荘司はその戦訓に倣い、フリッツXを銃撃で破壊しようというのだ。

「大龍」の艦上に発射炎が閃き、多数の火箭が突き上がり始める。

四〇ミリ機銃、二〇ミリ機銃が仰角《ぎょうかく》を目一杯かけ、射撃を開始したのだ。

「大龍」と同じく回頭中の「神龍」も、上空に向けて射弾を放ち、「神鳳」「海鳳」も対空射撃を開始している。

　戦艦、巡洋艦、駆逐艦は、上空のグライフに一二・七センチ砲を発射し、「神龍」「神鳳」「海鳳」は「大龍」と共に、懸命の回避運動を行っている。

　最初の一発は、「大龍」から大きく外れた海面に落下した。

　右正横《せいおう》に弾着の飛沫が上がったかと思うと、海面が大きく盛り上がり、「大龍」の艦橋を大きく超える水柱が突き上がった。

　二発目が、続いて落下する。

　今度は艦尾付近に着弾したらしく、艦の後部から爆圧が伝わって来る。

　三発目は、艦橋の右脇に着弾した。

　手が届きそうなほど近くに白い海水の柱がそそり立ち、右舷艦底部から爆圧が突き上がった。

基準排水量三万六〇〇〇トンの艦体が、僅かに左舷側へと傾く。

四発目は、「大龍」の左前方に落下する。

奔騰《ほんとう》する水柱に艦首が突っ込む形になり、崩れ落ちる海水が、南海のスコールさながらの音を立てて飛行甲板を叩く。

五発目は、「大龍」の左前方から落下して来た。

左舷側の機銃が射弾を集中する。

四〇ミリ弾、二〇ミリ弾の曳痕が目標を捉えているように見えるが、敵弾が爆発する様子はない。黒い影が、みるみる拡大する。

「いかん、当たる……!」

その言葉が、角田の口を衝いて出た。

被弾の衝撃は、過去に何度も経験している。それを上回る、凄まじい衝撃が来ることを予感した。

敵弾が、飛行甲板の陰に消えた。

数秒後、右舷前部至近に巨大な水柱が奔騰し、艦の前部を突き上げるような衝撃が襲った。

基準排水量三万六〇〇〇トンの巨体が僅かに後方へと仰け反り、振動が艦橋にまで伝わった。

「副長より艦長。右舷艦底部に若干の浸水あれど、戦闘・航行に支障なし!」

応急指揮官を務める副長鈴木《すずき》忠良《ただよし》中佐が報告を上げた。

「司令官、敵弾全て回避しました!」

「御苦労。よくやった!」

荘司の報告を受け、角田は頷いた。

命中率の高い無線誘導式の滑空爆弾に狙われながら、全弾をかわしたのだ。

航海術を専門に選び、ひたすら艦船勤務で腕を磨いた練達《れんたつ》の艦長に相応しいと言える。

「他の艦はどうだ?」

角田がその問いを発したとき、左舷正横に火焔が躍る様が見えた。

「『神龍』被弾。火災が発生しています!」

の報告が、それに続いた。

「やられたか……！」

角田は唸り声を発した。

旗艦が被弾を免れたからといって、喜んでいられる状況ではなかった。

姉妹艦の「神龍」が、フリッツXの直撃を受けたのだ。

「他の艦はどうだ？　『神鳳』や『海鳳』は無事か？　護衛の戦艦や巡洋艦は？」

「被弾の報告は届いておりません」

角田の問いに、小田切が答えた。

このときには、空中戦は終息に向かっている。

低空から攻撃して来たヴュルガーは既に戦場から去っており、六〇〇〇メートルの高度からフリッツXを投下したグライフも離脱しつつある。

第三部隊の被害は、「神龍」一艦のみで済んだようだ。

「『神龍』より報告。『被弾一。飛行甲板並ビニ格納甲板損傷。火災ハ鎮火ノ見込ミナレド、発着艦不能』」

通信参謀真下賢明《ましもたかあき》少佐を通じて、「神龍」から報告が届けられた。

「『神龍』が抜けるのは痛いですな」

小田切が渋面《じゅうめん》を作った。

正規空母は搭載機数が多い分、失ったときの打撃が大きい。

「神龍」が戦列から離れれば、第三部隊の運用可能機数は約三割の減少となる。

英本土奪回作戦は、まだ始まったばかりであり、ドイツ軍の飛行場は半分以上が残っているのだ。

「相手があることだ。無傷とはゆくまい」

角田は言った。

七割の艦上機が残っていれば、まだ充分戦える、との意を、言外《げんがい》に込めたつもりだった。

あらたまった口調で、角田は小田切に命じた。

「三艦隊司令部に、報告を送ってくれ。『敵機ハ〈フリッツX〉ヲ使用セリ。〈神龍〉発着艦不能ナレド、

第三部隊ハ健在ナリ』となＩ」

このとき、第三艦隊旗艦「大鳳」が所属する第一部隊も、敵の空襲を凌《しの》いだ直後だった。

正規空母の被害はない。

新鋭の重装甲空母「大鳳」も、歴戦の空母「翔《しょう》鶴《かく》」「瑞鶴《ずいかく》」も、被弾を免れている。

ただし、潜水母艦からの改装艦である小型空母の「龍鳳《りゅうほう》」が、フリッツXの直撃を受け、轟沈《ごうちん》していた。

「恐ろしい威力だな、フリッツXというのは」

旗艦「大鳳」の長官席で、司令長官小沢治三郎中将は小さくかぶりを振った。

「龍鳳」被弾の瞬間は、「大鳳」の艦橋からもはっきりと目撃された。

艦の中央から火柱が上がったかと思うと、艦首と艦尾が空中に突き上げられ、細長い艦体が、傘を逆向きにしたような形になったのだ。

飛行甲板を貫いたフリッツXが、艦底部までを刺し貫き、竜骨《りゅうこつ》を叩き折ったことがはっきり分かった。

「龍鳳」は中央部から、みるみる海面下に引きずり込まれ、被弾から一〇分後には姿を消していた。

被弾から沈没までがごく短かったため、生存者は少ない。「大鳳」の艦橋から見た限りでは、一〇〇名もいないようだ。

生存者の救助には、第一〇駆逐隊の「長波《ながなみ》」が当たっていた。

「潜水母艦改装の小型空母とはいえ、一万トンを超える艦だ。それが、ブリキ缶のように叩き潰されるとは……」

「重装甲のイラストリアス級を沈めた爆弾です。『龍鳳』では、ひとたまりもなかったでしょう」

山田定義《やまださだよし》少将に代わり、第三艦隊の参謀長に任ぜられた柳本柳作《やなぎもとりゅうさく》少将が沈痛な声で言った。

空母「蒼龍《そうりゅう》」の艦長として、マダガスカル攻撃からシチリア沖海戦までを戦った経験を持つ人物だ。

艦長在任中に少将に昇進し、その後、第三艦隊の参謀長に異動している。

「あの爆弾を喰らったら、本艦でも危なかったかもしれぬ」

小沢は、「大鳳」の飛行甲板を見下ろして言った。

「大鳳」は、日本海軍が初めて建造した重防御空母だ。昇降機《しょうこうき》二基の間に、分厚い鋼鈑《こうはん》を張り巡らし、五〇〇キロ程度の爆弾であれば、撥《は》ね返せるように作られている。

その「大鳳」の飛行甲板でも、フリッツXの直撃を受ければ、耐えられないかもしれない。

「命中しなければ、さほどの脅威にはなりません。実際問題として、フリッツXの命中率は、さほどのものではありませんでした」

「それは、私も感じていた」

新たに航空甲参謀に任じられた高橋赫一《たかはしかくいち》中佐が言い、柳本が同感と言わんばかりに頷いた。

フリッツXは、旗艦「大鳳」や「翔鶴」「瑞鶴」をも襲って来たが、直撃弾は一発もない。

「大鳳」は至近弾二発を受けたが、重装甲の艦体は、ほとんど打撃を受けずに終わっている。

フリッツXは無線誘導式の滑空爆弾であり、弾着までは操縦者が落下方向を制御するため、命中率は高くなる。

そのフリッツXによる被害が、第三艦隊全体を合わせても、「龍鳳」の沈没と「神龍」の損傷に留まったのは、不幸中の幸いと言えるが、高橋は拍子《ひょうし》抜けした、と言いたげだった。

「無線誘導式と言っても、遠距離の目標に命中させるのは困難でしょう。高度六〇〇〇メートルからでは、この『大鳳』も笹舟《ささぶね》程度にしか見えません」

首席参謀大前敏一《おおまえとしかず》大佐の言葉を受け、小沢が言った。

「遠くなるほど命中率が下がるのは、無線誘導式であっても変わりはないか」

「母機への攻撃が、奏功《そうこう》したのかもしれません」

航空乙参謀の友永丈一《ともながじょういち》少佐が発言した。

英本土奪回作戦に先立ち、遣欧艦隊より第三艦隊、及び各航空戦隊に、

「敵がフリッツXを使用したと判断した場合には、母機を攻撃し、操縦を妨害するよう努めよ」

との通達が出されている。

戦闘機が絶え間《たま》なく銃弾を浴びせる状況下では、落ち着いて操縦などできないと推察されるためだ。

直衛の炎風は、母機のグライフを攻撃したことで、第一部隊の被害を「龍鳳」の沈没に留めたのではないか、と友永は推測していた。

「そのあたりは、直衛機の帰還後にはっきりさせよう。当面の問題は、次の一手をどうするか、だ」

小沢が言った。

第三艦隊、S部隊は、英本土上空の空中戦で敵戦闘機多数を撃墜したが、飛行場そのものは艦戦隊が機銃掃射で若干の被害を与えた程度に留まっている。

敵の飛行場が健在である以上、ヴュルガーによる低空からの攻撃や、フリッツXによる爆撃は繰り返されると考えねばならない。

こちらの被害を抑え、一日も早く英本土の制空権を奪取するためにも、艦爆、艦攻を繰り出して、敵飛行場を叩きたいところだが——。

高橋が、あらたまった口調で発言した。

「現時点では、敵戦闘機をどこまで掃討できたのか判然としません。敵戦闘機が残存している状態で艦爆、艦攻を繰り出せば、こちらの被害も増大します。今少し、戦闘機による攻撃を反復してはいかがでしょうか?」

「甲参謀の意見に賛成します。ロンドン近郊に設けられている敵飛行場の数は多く、一日で全てを潰しきれるものではありません。敵の空襲を受ける危険はありますが、ここは結果を焦らず、当初の作戦方針に基づいて戦うべきです」

柳本も言った。

反対意見を主張する幕僚はいない。

相手は欧州最強を誇るドイツ空軍だ。一筋縄《ひとすじなわ》でいく相手ではない、と言いたげだった。

小沢は頷き、決定を告げた。

「いいだろう。『龍鳳』の喪失と『神龍』の損傷は、決して小さな損害ではないが、作戦計画を根本から変更するほどではない。当初の作戦計画通りに進めよう」

5

五月二〇日二一時過ぎ、燃料運搬車、弾薬運搬車各三輌が、ハリントンのドイツ空軍基地に向かっていた。

イギリス本土では二ヶ月ほど前から、

「連合軍が、本土の解放にやって来る」

「国外に亡命していた本国艦隊が、本国解放のために戻って来る」

との噂《うわさ》が、国民の間で流れていた。

それはこの日、噂から現実に変わった。

多数の空母と戦艦を擁する、イギリスと日本の艦隊が、ランズエンド岬の南西海上に出現し、イギリス本土に設けられたドイツ空軍基地に攻撃を開始したのだ。

この日の攻撃は戦闘機によるもののみに終始《しゅうし》したが、イギリス本土の防空に当たる第三航空艦隊《ルフトフロッテ３》は、配備されていたメッサーシュミットＢｆ１０９、フォッケウルフＦｗ１９０Ａ三五〇機のうち、一五〇機以上を失った。

敵艦隊に攻撃をかけたデ・ハビランド・ヴュルガー、アブロ・グライフも多数を撃墜され、戦果は軽空母一隻の撃沈と正規空母一隻、戦艦、重巡など五隻の撃破に留まった。

明日——五月二一日以降も、攻撃が反復されるのは確実だ。

ベドフォードに置かれた第三航空艦隊司令部は、ドイツ本国の空軍総司令部《OKL》に増援を要請すると共に、各飛行場に航空燃料と弾薬の補給を急いでいた。

隊列の前方と中央、最後尾には、ハーフトラック一輌ずつが随伴し、後部キャビンに乗り込んだ歩兵が目を光らせている。

ドイツ軍に対するイギリス国民の反発は強い。

地下の抵抗組織は、ドイツ軍の車輛に対する妨害、武器庫や弾薬庫への襲撃、地下放送によるイギリス国民への抵抗の呼びかけ、反ドイツ感情を煽《あお》る宣伝ビラのばら撒き等、有形無形を問わず、ドイツ軍への攻撃を続けている。

ロンドンに置かれたドイツ国防軍イギリス軍政部は、親衛隊や国家秘密警察《ゲシュタポ》と協力して抵抗組織を容赦なく摘発し、メンバーの公開銃殺も実施したが、それは抵抗運動の激化とイギリス国民の対ドイツ感情の悪化を招いただけだった。

飛行場に燃料、弾薬を運ぶ輸送車輛も、抵抗組織の攻撃を受ける危険がある。

ハーフトラックの操縦手も、後部キャビンに乗る兵士たちも、燃料、弾薬の運搬車を運転する兵も、警戒を怠《おこた》らなかった。

飛行場に繋がる街道は、闇《やみ》に包まれている。

連合軍の空襲に備え、ドイツ軍が周辺の住民に灯火管制を命じたのだ。

目的地のハリントン飛行場も灯火管制下にあり、隊列の前方に光は見えない。

前照灯を点《つ》けているのは、先頭に位置するハーフトラックだけだ。

後続車両は、逆光に浮かび上がる装甲車やトラックの影を頼りに走行している。

必然的に移動速度は遅くなり、部隊は時速三〇キロから四〇キロの間を保って走行していた。

二二時一九分、先頭車輛より、

「目的地まで五キロ」

との報告が、後続車に送られた。

ハーフトラックの操縦手やトラックのドライバーは大きく息をついた。

彼らの多くは、燃料や弾薬の運搬でこの道路を何度も通ったが、灯火が乏しい状況では、慣れた道であっても運転しにくい。

前の車輌に追突しないことと、道路から外れないことだけで精一杯だ。

その苦行《くぎょう》も間もなく終わると思い、安心したのだ。

「気を抜くな！　あと十数分で終わる、じゃない。まだ十数分もある、だ！」

ハーフトラックの後部キャビンでは、軍曹の階級章を付けた中年の下士官が、部下を叱咤《しった》する。

ドイツ軍がイギリス本土を制圧して以来、一貫してこの地で治安維持の任務に従事して来たベテランだ。抵抗組織との戦いには、豊富な経験を積んでいた。

「軍曹殿、敵らしきもの、左正横！」

「掃射しろ。敵がいてもいなくても構わん！」

不意に兵の一人が叫び、軍曹は七・九二ミリ機関銃を構えている兵に命じた。


車台上に発射炎が閃き、機関銃の連射音が響く。

真っ赤な火箭が道路脇の草地に撃ち込まれ、引きちぎられた草や抉《えぐ》り取られた土砂が舞い上がる。

車体後部の機銃も掃射を開始し、二条の火箭が草地をなぎ払う。

銃火が一旦止んだとき、白煙を引きずりながら宙を飛ぶものが複数見えた。

「手榴弾《グラナーテ》だ！」

「伏せろ！」

兵の一人が悲鳴じみた声で叫び、軍曹が咄嗟に命じた。

手榴弾の一発は、ハーフトラックの左脇に落下して爆発する。

飛び散る弾片は、装甲鈑を貫通する力はないが、後部キャビンや車台に命中して打撃音を立てる。

二発目、三発目は、ガソリンを満載した燃料運搬車の近くで爆発する。

軍曹は、肝《きも》を冷やしたが、引火爆発は起こらない。

イギリスから接収した軍用の燃料運搬車は、手榴弾の弾片程度は防げるだけの防御力を持っている。

「どうした？　もう終わりか？」

軍曹が闇に向かって呼びかけたとき、自分たちに向かって飛んで来る、マッチの火のような小さな光が見えた。

一つだけではない。一〇以上が、上下左右に揺れながら飛んで来る。

最初の一発が落下したとき、けたたましい破壊音と共に炎が湧き出した。

「火炎瓶《ブラントフラッシュ》だ！」

軍曹が叫んだときには、投げつけられた火炎瓶は次々と地面に激突し、隊列の左方を火の海に変えていた。

東部戦線では、ソ連兵やパルチザンが近距離戦に多用する武器だ。ソ連の外相《がいしょう》の名を取って、「モロトフのカクテル《モロトフ・コックテイル》」とも呼ばれる。

機関銃の射手が、火炎瓶が投擲《とうてき》された位置に当たりを付け、掃射を浴びせる。

真っ赤な火箭が闇を引き裂き、人影が仰け反ったように見える。

火炎瓶は、次々と投げつけられる。

多くは隊列の手前に落下するが、ハーフトラックや燃料運搬車の近くに落ち、炎を上げるものもある。

「速力を上げろ！　この場から離れるんだ！」

最後尾のハーフトラックに乗る指揮官が、全車に命じた。

敵は見たところ、徒歩だ。振り切って飛行場に逃げ込むのが最善の策だと、指揮官は判断したのだ。

先頭のハーフトラックは、なおも機関銃を乱射しながら速力を上げる。

後続する燃料運搬車、弾薬運搬車、ハーフトラックが追随する。

火炎瓶がなおも投げつけられるが、命中するものはない。

振り切れそうだ、と軍曹が確認したとき、バックミラーに火焔が映った。

軍曹が両目を大きく見開いたとき、金属的な破壊音、腹の底にこたえるような炸裂音が闇を震わせた。

軍曹には直接目視できなかったが、後方では巨木ほどもある火柱が夜空に向けて奔騰しており、後続する弾薬運搬車、ハーフトラックが急ブレーキをかけ、停車していた。

そこに新たな火炎瓶が投げつけられ、道路に落下して、赤々と燃えさかる炎が弾薬運搬車を照らし出す。

ハーフトラックの兵士たちは、闇の中に向けて掃射を行い、火炎瓶を投げつけて来る敵と戦い続けていたが、勝敗はもはや明らかだ。

燃料運搬車三輛のうち二輛が失われた今、輸送任務は失敗に終わったのだ。

このような戦闘が行われているのは、ハリントン飛行場の近郊だけではない。

ポディントン、リトル・ストートン、キンボルトン等の飛行場の周辺でも、燃料、弾薬の輸送部隊が抵抗組織の襲撃を受け、航空燃料を燃やされたり、弾薬運搬車を破壊されたりしている。

手榴弾や火炎瓶による襲撃だけではない。

崖《がけ》の上から太い丸太を転がして落とす、道路上に障害物を設置するといった妨害行動も行われている。

トラック目がけてクロスボウを発射し、タイヤのパンクを狙う者もいる。

多くは外れたり、車体に命中して弾き返されたりしたが、狙い通りタイヤに突き刺さった矢もある。

パンクにより、ハンドルを取られた燃料運搬車は、道路脇の溝《みぞ》に片方の車輪を突っ込み、動かなくなる。

ドイツ軍に対する妨害行動は、今やイングランド全域に拡大し、手段も過激化しつつあった。

それまで、自身や家族の安全を優先し、抵抗組織に参加していなかった人々も、この動きに加わり始めている。

ドイツのイギリス占領軍は、内と外の両方に敵を抱え、二正面の戦いを強いられようとしていたのだ。

6

英本土上空を、西から東に横断するのに、一時間ほどを要した。

攻撃隊の前方では、内陸に切れ込んだ海が、楔《くさび》のような形を作っている。

英本土にある河川の中で、最も有名なテムズ川の河口だ。

その先に、青々とした海面が見える。

攻撃隊の搭乗員は、英本土と欧州を分かつドーバー海峡を目の前にしているのだ。

「英国にとっては、亡国《ぼうこく》の海峡だな」

空母「大龍」の艦上爆撃機隊隊長小川正一《おがわしょういち》少佐は、そんな呟きを漏らした。

海は、長く英本土を守る自然の堀となっていた。

スペイン国王フェリペ二世も、フランス皇帝ナポレオン・ボナパルトも、英本土への上陸、侵攻を狙いながら、遂に果たせなかった。

その海を越え、初めて英本土を蹂躙《じゅうりん》したのが、ナチス・ドイツ総統アドルフ・ヒトラーだ。

航空機という、フェリペ二世やナポレオンの時代には存在しなかった兵器が、英国の空を制圧した。

結果、英国はドイツ軍が誇る装甲部隊の渡海《とかい》を許すこととなり、本国の失陥を招いたのだ。

それは同時に、日本が欧州の戦争に参陣《さんじん》する契機《けいき》ともなった。

今にして思えば、ドーバーから全てが始まったと言える。

日本の参戦から二年余り、自分たちは今、ドーバーを望むところまで到達したのだ。

「吉川《よしかわ》、周囲に敵機はいないか？」

「現在のところ、見当たりません」

「各機からの報告は？」

「ありません」

小川の問いに、偵察員の吉川克己《かつみ》上等飛行兵曹が答えた。

今日は五月二五日。帝国海軍第三艦隊と英海軍S部隊による英本土の航空撃滅戦が始まってから六日目だ。

作戦初日の五月二〇日は、第三艦隊もS部隊も、敵戦闘機の掃討戦と艦隊の直衛戦に終始した。

S部隊は空母に被害を受けることはなかったものの、第三艦隊は「龍鳳」を失い、「神龍」が飛行甲板を損傷して、発着艦不能に陥れられた。

五月二〇日の戦闘は、ほぼ互角のうちに推移したが、翌五月二一日より状況が変わった。

第三艦隊、S部隊は、再び戦闘機の掃討戦を仕掛けたが、迎撃に上がって来た敵戦闘機は、前日に比べて六、七割程度に激減していたのだ。

連合軍の戦闘機隊は優勢に戦いを進め、敵戦闘機多数を撃墜すると共に、地上にあった敵機多数を、銃撃によって破壊した。

五月二二日からは、艦爆、艦攻が攻撃に加わり、敵飛行場を次々と使用不能に陥れた。

第三艦隊とS部隊は、麾下の各部隊に交替で航空燃料と弾薬の補給を受けさせ、英本土のドイツ空軍基地に対する攻撃を反復した。

ドイツ軍の戦闘機隊は、なお迎撃を続けたが、敵機の数も、使用可能な飛行場も急速に減少し、英本土の制空権は、連合軍側の手に移りつつあった。

この日——五月二五日、第三艦隊が出撃させた第一次攻撃隊は、炎風八四機、三式艦爆四二機。

小沢三艦隊長官が直率する第一部隊が、燃料、弾薬の洋上補給で後方に下がったため、第二、第三部隊のみの攻撃となる。

艦爆よりも艦戦の方が多いが、炎風の半数は、二五番陸用爆弾二発を搭載している。

零戦に比べ、エンジン出力に余裕があるため、最大で一八一四キロの爆弾搭載量を持つのだ。

爆装の炎風は、艦爆隊と共に陸用爆弾による飛行場攻撃を実施する予定だが、敵戦闘機が出現した場合は直《ただ》ちに爆弾を投棄《とうき》し、空中戦に入るよう命じられていた。

「江草《えぐさ》一番より全機へ。左前方に敵飛行場」

攻撃隊総指揮官を務める江草隆繁《たかしげ》少佐の声が、レシーバーを通じて伝わった。

艦爆隊の指揮官の中では最先任であり、攻撃隊の総指揮官を命じられることが多い。常に陣頭《じんとう》に立つため、敵に狙われ易いが、出撃の度《たび》に生還して来た強運の士官だ。

小川は、左前方を見た。

英本土にあるドイツ軍飛行場のうち、最も東に位置するサドベリー飛行場だ。

他に、まだ二箇所の飛行場が残っているが、そちらは第二次攻撃隊、及びS部隊の攻撃隊が叩くことになっている。

江草機が左に旋回し、飛行場に機首を向ける。

小川も江草に倣い、「大龍」隊を誘導する。

「大龍」の三式艦爆は常用一八機、補用三機だが、これまでの戦闘で消耗し、現在は補用機を加えて一四機だ。

「江草一番より全機へ。突撃隊形つくれ」

「岡嶋《おかじま》一番より全機へ。左前方、敵機！」

命令と警報が、ほとんど同時に飛び込んだ。

後者は艦戦隊の総指揮を執る「飛龍」艦戦隊隊長岡嶋清熊《せいゆう》少佐の声だった。

小川は、左前方を見た。

陽光を反射し、銀色に光るものが、左前方から正面に回り込みつつある。

機数は三、四〇機。炎風の半数程度だ。

五日前の航空戦で、ドイツ空軍が繰り出して来た戦闘機は、合計三〇〇機程度と見積もられているが、その一割程度でしかない。

英本土に展開するドイツ空軍部隊も消耗が激しく、この機数を出撃させるのが精一杯なのか。

「岡嶋一番より各隊。戦爆隊は飛行場に向かえ。敵機は制空隊が引き受ける」

再び、岡嶋の指示が飛んだ。

「戦爆隊」は、爆装の炎風を示している。

炎風隊の半数がエンジン・スロットルを開き、正面の敵機に突進する。

艦爆隊は江草の指示に従い、急降下爆撃用の斜め単横陣《たんおうじん》を形成する。

小川の「大龍」隊は、七機ずつ二列だ。

第一中隊は小川が直率し、第二中隊は叩き上げで士官の階級を得た鶴勝義《つるかつよし》少尉が指揮を執る。

正面では、制空隊と敵機の空中戦が始まっている。

敵機は、丸っこい機首を持つ空冷エンジン機だ。対独開戦時の主力艦戦だった零戦と、似た印象を受ける。

フォッケウルフＦｗ１９０Ａ――Ｂｆ１０９と並ぶ、ドイツ軍の主力戦闘機であろう。

炎風は猛速で突っ込み、網をかけるように一二・七ミリ弾を発射するが、Ｆｗ１９０Ａは巧《たく》みな機動で炎風の突っ込みを躱《かわ》し、両翼から一連射を浴びせる。

炎風の火網に搦め捕られたＦｗ１９０Ａは、ひとたまりもなくばらばらになるが、Ｆｗ１９０Ａの射弾を浴びた炎風も、主翼に大穴を穿たれ、胴体を抉られる。

エンジンや燃料タンクをやられた機体は、炎と黒煙を引きずりながら墜落し、コクピットを粉砕された機体は、ガラス片を撒き散らしながら墜ちてゆく。

「敵機、左前方！」

不意に、吉川が叫んだ。

小川は、両目を大きく見開いた。

Ｆｗ１９０Ａ一機が、小川機に向かって来る。乱戦の中から抜け出し、艦爆隊に機首を向けたのだ。

小川も、正面から敵機に対峙《たいじ》した。発射ボタンを押すや、目の前に発射炎が閃き、一二・七ミリ弾の火箭が噴き延びた。

Ｆｗ１９０Ａは機体を左右に振ってかわすが、第一中隊の後続機が続けて射弾を浴びせる。

何条もの火箭が殺到し、Ｆｗ１９０Ａを捉える。

敵機はエンジンに被弾したのか、黒煙を噴出しながら、急速に高度を下げてゆく。

「よし！」

小川は、満足の声を上げた。

「敵戦闘機に襲われたら、逃げずに立ち向かえ」とは、総指揮官である江草の教えだ。

第一中隊は江草の教えを忠実に守り、敵機を自力で撃退したのだった。

新たに、「大龍」隊に向かって来る敵機はない。

Ｆｗ１９０Ａは、制空隊が牽制《けんせい》している。

目指す飛行場は、もう間近だ。

前方に爆発光が閃き、爆煙が行く手を塞ぐように広がった。

地上の対空砲陣地が、射撃を開始したのだ。

時折、敵弾が近くで炸裂し、爆風が機体を煽る。

かと思えば、飛び散る弾片が主翼や胴を叩き、不気味な音を立てる。

ともすれば操縦桿を取られそうになるが、三式艦爆は墜ちない。

米国製の機体は、高速で飛散する弾片から、搭乗員とエンジンを守っている。

「江草一番より全機へ。突撃せよ！」

江草より、新たな命令が届いた。

真っ先に突撃を開始したのは、戦爆隊だった。

炎風の太くごつい機体が、我先にと敵飛行場に殺到した。

「『大龍』隊、続け！」

小川は一声叫び、機首をぐいと押し下げた。

滑走路と付帯設備、その周囲で閃く発射炎が真正面に移動した。

(付帯設備を狙った方がよさそうだな)

小川は腹の底で呟き、滑走路から少し離れた場所にある、燃料庫と思われる建造物に機首を向けた。

滑走路には、一足先に降下に転じた戦爆隊が向かっている。同じ目標を狙うより、付帯設備を破壊した方が得策だ。

「二〇《フタマル》（二〇〇〇メートル）！　一八《ヒトハチ》！　一六《ヒトロク》！」

吉川が高度計の数字を読み上げる。当初は米国製の計器が付いていたが、部隊配備前に日本製の計器に交換され、メートル表示になっている。

滑走路の複数箇所で、同時に閃光が走り、褐色の爆煙が急速に広がった。戦爆隊の投弾だ。

小川機は、なお降下を続ける。

「一〇《ヒトマル》！」

が報告されるが、投弾はまだだ。

滑走路を狙うなら、多少高めの高度でも問題はないが、目標は付帯設備だ。必中《ひっちゅう》を狙うには、もう少し距離を詰めたい。

「〇六《マルロク》（六〇〇メートル）！」

の報告と同時に、小川は投下レバーを引いた。

投弾を確認すると同時に、操縦桿を目一杯手前に引き、引き起こしをかけた。

下向きの遠心力がかかり、全身が鉛と化したように重くなる。訓練でも、実戦でも、何度も経験したことだが、未だに慣れることはない。

機首を引き起こし、機体が上昇に転じたとき、風防ガラスが赤く染まり、異様な炸裂音が届いた。

「目標、大爆発しました！」

吉川が、弾んだ声で報告した。

小川はバックミラーを見、地上の様子を確認した。

巨大な炎が急速に広がりつつある。真っ赤な生き物が、何もかも呑み込もうとしているような眺めだ。

「大物《おおもの》をやったな」

小川は、口中で呟いた。

第一中隊が叩いたのは、燃料庫か弾薬庫だ。

投下した七発の五〇番陸用爆弾は、ガソリンの引火爆発か、爆弾の誘爆を引き起こし、周囲を火の海に変えたのだろう。

小川は期《き》せずして、サドベリー飛行場で最も大きな目標を仕留め、この地にあったドイツ空軍部隊に、最大規模の損害を与えたのだった。

「小川一番より鶴一番、二中隊の状況報せ」

「駐機場に投弾しました。敵重爆と軽爆を合わせて一〇機以上を撃破したと判断します」

小川の命令に、鶴は即座に報告を返した。

小川は、地上を見下ろした。

滑走路には多数の爆弾孔が穿たれ、付帯設備の多くは炎と黒煙に包まれている。サドベリーの敵飛行場が、使用不能となったのは明らかだ。

「『大龍』隊、集まれ」

小川は、指揮下の全機に命じた。

後は、英本土上空を東から西に横断し、洋上の母艦に戻るだけだ。

7

戦艦「武蔵」艦上の遣欧艦隊司令部に、第三艦隊司令部から朗報《ろうほう》が届いたのは、五月二六日の一〇時丁度《ちょうど》だった。

シチリア島の攻略作戦までは、日本軍は日本時間を使用していたが、英本土攻略作戦の開始に先立ち、グリニッジ標準時の使用に改めている。

「英本土上空に敵機なし、か」

小林宗之助司令長官は、通信参謀蔵富一馬《くらとみかずま》少佐が読み上げた報告電を反芻《はんすう》した。

「連合軍が、英本土上空の制空権を奪取したということか？」

「そのように判断できます」

青木泰二郎参謀長が頷き、吉岡忠一航空参謀に発言を促した。

「第三艦隊は、本日早朝より、英本土に対する航空偵察を実施しましたが、索敵機は敵戦闘機の迎撃を一切受けなかったとのことです」

「三艦隊とS部隊は、英本土のドイツ機を一掃したのか？」

「英本土のドイツ軍部隊は、燃料不足によって迎撃戦闘機を飛ばせないのかもしれません」

芦田優作戦参謀が言った。

遣欧艦隊は、英本土奪回作戦の準備攻撃として、英本土周辺に伊号潜水艦を送り込み、大陸から同地のドイツ軍に補給物資を運ぶ輸送船を攻撃した。

敵飛行場への航空攻撃に際しても、燃料の貯蔵所を叩くよう、三艦隊とS部隊に指示を与えた。

更に、英国内における抵抗組織の活動もある。

彼らはドイツ軍を弱体化させるべく、物資の輸送に当たる列車やトラックを妨害したのだ。

これらが奏功し、英本土のドイツ空軍部隊を燃料不足に陥らせたと考えられる、と芦田は述べた。

「三年前、英国空軍が舐めた辛酸《しんさん》を、今度はドイツ空軍が味わったわけだ」

小さく笑った小林に、芦田は言った。

「英国空軍とドイツ空軍の決定的な違いは、周囲が敵か味方か、ということです。三年前の英国空軍は、国民の支持があったため、ある程度の期間を持ち堪《こた》えられましたが、英本土に展開していたドイツ空軍は、周り全てが敵でした」

「英国民にしてみれば、一日も早く、侵略者を自分たちの国から叩き出したかっただろう。英本土奪回の成功は、最初から約束されていたようなものだったのかもしれぬ」

自身を納得させるような口調で、小林は言った。

艦内電話を取り上げ、通信室を呼び出した。

「『プリンス・オブ・ウェールズ』に繋いでくれ。ソマーヴィル提督に、私が自ら伝える」


「本国艦隊司令長官より、全将兵に伝える」

ジェームズ・ソマーヴィル大将は、一語一語を聞き手に理解させようとするような、はっきりした口調で言った。

英国本国艦隊旗艦「プリンス・オブ・ウェールズ」の戦闘艦橋だ。

ソマーヴィルの声は、艦の通信室を通じて、本国艦隊の全艦に伝わっている。

フレデリック・サリンジャー少将らの幕僚は、ソマーヴィルの後ろに控え、黙って最高指揮官の声に耳を傾けていた。

「たった今、私は日本海軍の小林提督《アドミラル・コバヤシ》から、重要な報せを受けた。彼の言葉を、そのまま全員に伝える。『時は至れり《タイム・イズ・ライト》』だ」

すぐには、何も起こらなかった。

本国艦隊の全乗員が、沈黙してしまったように感じられた。

数秒後、全艦で爆発的な歓声が上がった。

兵同士、下士官同士で抱き合う者、肩を叩き合う者、握手をする者がいる。海軍帽を投げ上げ、喜びを表現する者もいる。

ソマーヴィルが伝えた小林宗之助大将の言葉は、本国艦隊の全将兵にとり、それほど大きな意味を持っていたのだ。

「上陸作戦の準備は整った。今より英本土奪還に向け、戦いを開始する」

というのが、「タイム・イズ・ライト」の意味だ。

本土西岸のリヴァプールより出港してから二年四ヶ月。

望郷《ぼうきょう》の思いを抱きながら、祖国への道を一歩一歩歩んで来た。

その過程で、ドイツ軍だけではなく、イタリア軍や、フランス製の艦艇、イギリス製の軍用機とも戦った。

フランス製の艦艇はまだしも、本来なら英国空軍が装備し、ドイツ軍やイタリア軍を打ちのめすはずだった航空機が、英本国艦隊に向かって来たのだ。

英国海軍の軍人にとり、これほど忌々《いまいま》しく、腹立たしいことはなかったが、歯を食いしばって耐え、戦い続けてきた。

その労苦が、報われようとしている。

戦い続けてきた甲斐《かい》があった。ソマーヴィル提督や東京（トーキョー）の大英帝国正統政府を信じ、ついて来てよかった。

誰もがそのことを思い、喜びを爆発させていた。

「ここまで来られたのは貴官のおかげでもある、ミスター・カクライ。貴官は連絡将校として、よくやってくれた。心より感謝する」

連絡将校加倉井憲吉中佐の手を握り、サリンジャーが言った。

「まだ、感謝には早過ぎます。感謝を受け取るのは、連合軍がイギリス本土からドイツ軍を叩き出したときにしたいと思います」

「そうだな。少し浮かれ過ぎたようだ」

加倉井の応えを聞いて、ソマーヴィルが小さく笑った。

「貴官に――いや、日本の助力に感謝するのは、もうしばらく先になるかもしれぬ。ナチス・ドイツを打倒し、ヨーロッパに平和をもたらしたときにな」

第四章　帰還者の一歩

1

「電波探知機《チュニス》に反応。方位二四五度、一六浬」

ドイツ海軍の潜水艦U568の発令所に、電測士を務めるブルーノ・ディーター一等兵曹の報告が届いた。

「チュニス」とは、五月初めに装備が始まった新型の電波探知機だ。

航空機が発信するレーダー波を、最大三八浬の距離から探知できる。

今回の目標が一六浬に接近するまで探知できなかったのは、航空機ではなく、艦船が装備する対水上レーダーの電波を捕捉したためであろう。

「戦友からの報告は入っていないか？」

「入っておりません」

艦長オットー・シュトラウス大尉の問いに、通信士のペーター・キュンメル一等兵曹は即答した。

「俺たちが最初の発見者か」

シュトラウスは呟いた。

U568は、第七九潜水戦隊の僚艦と共に狼群《ろうぐん》戦法を用いて、多数の連合軍艦船を屠《ほふ》って来た。

戦果の中には「赤城《アカギ》」と「加賀《カガ》」――日本海軍の最も有力な空母二隻も含まれている。

狼群戦法では、最初に目標を発見した艦が狼《おおかみ》の遠吠《とおぼ》えのように僚艦に通知する役割を担うが、これまでの戦いでは、目標を発見するのは常に他艦だった。

今回、U568は、最初に目標を発見する立場となったのだ。

「遠吠えを送れ」

シュトラウスはキュンメルに命じた。

「敵発見」の第一報と、発見した位置、時刻を、第七九潜水戦隊の各艦に伝えるのだ。

若干の間を置いて、

「『ドイッチェ・ドッゲ』了解」

「『シュナウザー』了解」

「『ドーベルマン』了解」

との報告が、次々とU568に入電した。

報告を送って来たUボートは七隻。第七九潜水戦隊の全艦だ。

他の潜水戦隊もU568の報告電を受信していると思われたが、返信はなかった。

「イギリスに向かう輸送船団でしょうか？」

「他の可能性はあるまい」

航海長ヘルムート・マイスナー上級兵曹長の問いに、シュトラウスは答えた。

五月二〇日より始まったイギリス本土の航空戦が、ドイツ側の敗北に終わったことは、潜水艦隊にも知らされている。

イギリスと日本は、空母を中心とした艦隊をイギリス本土の南西海上に展開させ、ロンドンの周辺に設けられたドイツ空軍の飛行場に、繰り返し攻撃を加えたのだ。

戦闘が始まったとき、空軍総司令官ヘルマン・ゲーリングは総統アドルフ・ヒトラーに対し、

「イギリスの空の守りは盤石《ばんじゃく》です。第三航空艦隊《ルフトフロッテ3》は、ドイツ空軍《ルフトヴァッフェ》の中でも精強《せいきょう》を誇る部隊であり、一歩たりとも退くことはありません。一ヶ月、いや一年経とうとも、イギリスの空を連合軍に渡すことはないでしょう」

と述べ、ヒトラー総統もそれを信じた。

だが第三航空艦隊は、一週間足らずでイギリス本土の制空権を失ったのだ。

この戦闘の間、フランスのブレスト、ロリアン、サン・ナゼールに在泊していたUボート三八隻が出撃し、空母に対する攻撃を試みている。

だが連合軍の対潜能力は、以前とは比較にならないほど向上しており、Uボート部隊は空母に手を出せないまま、九隻を失って敗退した。

イギリス本土のドイツ空軍部隊が壊滅した今、連合軍の阻止は不可能に思われたが、まだ希望は残っ

ている。

上陸部隊を運ぶ輸送船団を攻撃し、一隻でも多くの船を、敵兵もろとも葬《ほうむ》り去ることだ。

多数の将兵を海上で失えば、連合軍はイギリス本土の奪回を諦《あきら》めざるを得なくなる。

船団の周囲は、対潜部隊が厳重に警戒しているであろうが、Uボートにとっては、軍艦よりは仕留めやすい相手だ。

U568は、僚艦と共にイギリス本土の南方海上に網を張り、敵のレーダー波を捕捉したのだった。

「マイスナー、針路三〇〇度、速力一〇ノット」

「針路三〇〇度、速力一〇ノット。宜候」

シュトラウスの命令に、復唱が返された。

「面舵《おもかじ》一杯。針路三〇〇度」

マイスナーが、縦舵《じゅうだ》を担当するロルフ・モルゲンシュテルン一等兵曹に命じる。

モルゲンシュテルンが復唱を返し、U568は艦首を大きく右に振る。

機関の鼓動《こどう》が高まり、艦は三〇〇度、すなわち西北西に向かって前進を始める。

「船団の目的地は、イギリス本土の西岸でしょうか？」

次席将校クラウス・ペーターゼン少尉が聞いた。

昇進し、他艦の先任将校に異動したクルト・リンゲル中尉の後任として、シュトラウスの部下になった若手士官だ。

「東岸や南岸は、フランスに近いからな」

シュトラウスは即答した。

二年五ヶ月前のイギリス本土進攻作戦で、ドイツ軍は本土南岸のヘイスティングスに第一歩を記し、次いでフォークストン、及びテムズ河口に近いサウスエンドに部隊を上陸させた。

連合軍が同じ場所に上陸した場合、フランスに展開するドイツ空軍部隊の攻撃を受ける可能性が高い。

それを避けるためには、フランスから距離があるイギリス本土の西岸を上陸場所に選ぶはずだ。

U568が敵のレーダー波を捕捉した場所は、ランズエンド岬よりの方位二二五度、一二五浬。船団がセント・ジョージ海峡を通過し、アイリッシュ海に入る前に捕捉したいところだ。

「只今、日没です」

一七時五二分、艦橋に上がっている先任将校ルードヴィク・ケラー中尉が報告した。

変針してから、一時間ほどが経過している。

「ディーター、敵レーダー波の出力はどうだ？」

「捕捉した時点よりも増大しています」

「了解した」

シュトラウスは、ごく短く返答した。

新たな指示は出さない。U568は巡航速度の一〇ノットを保ち、船団の前方に回り込む方向に航進している。

（何よりも警戒すべき相手は飛行機だ）

腹の底で、シュトラウスは呟いた。

航空機による対潜哨戒は、当初は昼間だけだったが、昨年以降は夜も危険な時間帯になった。

連合軍の哨戒機には、磁気探知機を装備したものがあり、地磁気の変化を検知して、潜水艦を発見するのだ。

潜航中であっても、位置を突き止め、対潜爆弾を投下して来るのだから、これほど厄介《やっかい》な相手はない。

昨年八月以降、未帰還となるUボートの数が急増したが、潜水艦隊司令部は、未帰還艦の多くは、磁気探知機の装備機に沈められたのではないかと考えている。

対抗手段は、海中での停止か対空火器による迎撃だが、後者の方が危険が大きいことは考えるまでもない。

艦の安全を第一に考えるなら、海中に逃げ込む以外の選択肢はなかった。

一八時一四分、ケラーが新たな報告を上げた。

「潜水艦です！　右一二〇度、距離三〇〇〇！」

「右砲戦！」

シュトラウスは、即座に下令した。

Uボートとは限らない。連合軍も、イギリス本土の周辺に潜水艦を派遣しているのだ。敵味方を誤認すれば、致命的な事態を招きかねない。

ほどなく上甲板から「砲撃準備完了！」の報告が届く。

「発光信号。『我、ワイマラナー』と送信せよ」

シュトラウスは、新たな命令を発した。

遭遇した艦が味方であれば、呼び出し符丁《ふちょう》を返して来る。それ以外の返答が来るか、返信がなければ砲撃開始だ。

「返信来ました。『我、ロットワイラー』」

「ノイベルクの艦か」

シュトラウスは安堵《あんど》の息を漏らした。

「ロットワイラー」は、U617の呼び出し符丁だ。

艦長フランツ・ノイベルク大尉は、昨年七月まではU568の先任将校であり、艦長に異動した後は、第七九潜水戦隊の戦友となった。

信頼していた元部下との邂逅《かいこう》に、シュトラウスは思わず顔をほころばせた。

「砲撃止め。砲手は艦内に戻れ」

シュトラウスが命じたとき、不意にディーターが緊張した声で叫んだ。

「対空レーダーに反応！　方位一九五度、距離八〇〇〇！」

「全員、艦内に戻れ。急速潜航！」

シュトラウスは、咄嗟に下令した。

ノイベルクとの邂逅を喜ぶどころではない。最も危険な敵が迫っている。

ケラー以下の四名が艦内に戻り、上甲板に上がっていた砲手もケラーらに倣う。

実戦で何度も経験しているだけに、部下の動きは速い。最後に艦橋から離れたケラーが発令所に戻ったときには、U568は潜航を開始している。

「深さ一〇〇！」

シュトラウスは、力のこもった声で下令した。

艦が沈降を開始したとき、シュトラウスはあることに思い至った。
Ｕ６１７――ノイベルクの艦は逃れられただろうか、と。

吊光弾《ちょうこうだん》の光が海面を照らし始めたとき、敵潜水艦の姿は既になかった。

英本土の南方海上は、何事《なにごと》もなかったかのように静まりかえっている。

ごく短時間のうちに、浮上から潜航に転じたのだろう。海の忍者《にんじゃ》と呼ぶに相応しい動きだった。

「深山《みやま》一番より全機へ。磁探で位置を探る。高度〇《マル》五《ゴ》（五〇〇メートル）」

一式陸上攻撃機の小隊長と機長、主偵察員を兼任する深山四郎《しろう》中尉は、指揮下にある小隊の全機に下令した。

「高度〇《マル》五《ゴ》。宜候」

「深山二番より一番。磁探による捜索始めます」

「深山三番より一番。磁探による捜索始めます」

主操縦員の小野寺隆夫《おのでらたかお》上等飛行兵曹に続いて、二番機の機長田畑平造《たばたへいぞう》少尉、三番機の機長江戸軍治《えどぐんじ》飛行兵曹長が復唱を返した。

浮上中のＵボートを叩くべく、最大時速の四四四キロで駆け付けて来た一式陸攻が速度を落とし、ゆっくりと旋回する。

小隊の二、三番機は右と左に分かれ、敵潜の捜索を開始する。

「今のところ、船団に被害はなしか」

深山は、左前方を見て呟いた。

深山の部隊は、第二三航空戦隊隷下の第七五三航空隊第一一小隊だ。

内地から、シンガポール、トリンコマリー、ジブチ、カイロを経て、カサブランカの飛行場に移動した。

カサブランカから英本土に向かう際の航程は、約一〇五〇浬。

従来、海軍が対潜哨戒に用いて来た九六式陸上攻撃機では、航続性能に不安があるため、三三〇〇浬の航続性能を持つ一式陸攻が、対潜哨戒の任に就くこととなったのだ。

七五三空の陸攻隊は、船団がカサブランカを出港して以来、交替で護衛に付き、敵潜を寄せ付けないよう努めた。

Uボートの襲撃はあったが、敵潜の早期発見に成功し、七五三空だけで六隻の撃沈を確認している。

第一一小隊は、第一二、一三、一四の各小隊と共に、船団の上空に向かう途中、護衛に当たる第八艦隊の旗艦「大淀《おおよど》」から、

「電探、感有り。当隊よりの方位六五度、一六浬」

との報せを受け取った。

一一小隊は敵潜を仕留めるべく、船団の東北東海上に急行したが、僅かに及ばなかったのだ。

連合軍は、新式機材の磁探や米国製の電探を装備し、対潜能力の絶え間ない向上を図っているが、ドイツ軍もUボートに電探や逆探を装備し、隠密性《おんみつ》を高めている。

八艦隊旗艦が発見したUボートは、動きの速さから見て、相当な手錬《てだ》れのようだ。

インド洋、紅海、地中海と転戦して来たベテランなのかもしれない。

捜索に入ってから一五分ほどが経過したとき、

「深山三番より一番、磁探に感有り。今より攻撃します！」

小隊三番機の江戸機長が報告した。

「小野寺、三番機に追随しろ」

「深山一番より二番。我に続け」

深山は小野寺に命じ、次いで二番機に指示を送った。

「三番機に追随します」

小野寺が復唱を返し、一式陸攻が左に旋回する。

三番機の信号灯が視界に入って来る。

信号灯とは別に、胴体上面で青白い光が点滅している。背面銃座の機銃手が、オルジス信号灯で位置を報せているのだ。

深山は、すぐには攻撃命令を出さない。三番機の結果を見てからだ。

「深山三番より一番。攻撃終了」

一分ほどの間を置いて、江戸飛曹長の報告が入る。

「船団から、報告は届いたか？」

深山は、主電信員の宇沢隆之《うざわたかゆき》一等兵曹に聞いた。

敵潜撃沈の証拠となる浮遊物は、夜間には視認が難しい。

船団の護衛艦艇から、艦体破壊音確認の報告が届けば、撃沈と判断される。

「『艦体破壊音ノ確認ナシ』とのことです」

「今度は本機だ。投下用意」

宇沢の報告を受け、深山は機首の爆撃手席に座る諸岡司《もろおかつかさ》上等飛行兵曹に、指示を送った。

通常の水平爆撃とは、異なる緊張を強いられる。

潜航中のUボートは視認できず、磁探でもだいたいの位置しか分からない。

潜航深度も不明だ。

異なる起爆深度に調整した複数の対潜爆弾を投下し、命中を期待する以外にない。

「本機の磁探に感有り。左にゆっくりと旋回して下さい」

「速度このまま。左旋回」

諸岡の指示を受け、深山は小野寺に命じた。

陸攻の機体が僅かに左に傾斜し、ゆっくりと旋回する。

「爆弾槽開きます」

諸岡が報告し、速度が僅かに遅くなる。爆弾槽を開いたため、空気抵抗が増加したのだ。

「投下開始します」

諸岡が新たな報告を上げ、機体が微かに振動した。

磁探が示している敵潜の位置を中心に、胴体内の爆弾槽に抱いて来た六番対潜爆弾を、一定の間隔で投下したのだ。

三〇秒ほどが経過したところで、

「投弾終了。爆弾槽閉じます」

「『大淀』に通信。『我、投弾終了』」

諸岡の報告を受け、深山は宇沢に命じた。

海面に変化はない。

一式陸攻が抱いて来た一五発の六番対潜爆弾は、敵潜が深みに潜ることを想定し、起爆深度を五〇メートル以上に調整してあるのだ。

深山機が失敗すれば、田畑少尉の二番機が投弾する。それでも沈められなければ、船団に随伴している護衛艦艇が爆雷を投下するのだ。

二分ほどの間を置いて、宇沢が報告した。

「『大淀』より返信。『艦体破壊音確認。敵潜一撃沈ト認ム』」

「深山一番より二、三番。哨戒を続行する。定位置に付け」

深山は、小隊各機に命じた。
二、三番機は対潜爆弾を使い果たしたが、磁探による敵潜の捜索はできる。以後は船団の目として、所定の時間が来るまで付き従うのだ。
小野寺が機体を僅かに傾け、右旋回をかけた。

星明かりを背にした多数の船影が、視界に入って来た。


Ｕ５６８が浮上したとき、敵の船団は、肉眼では見えなくなっていた。

艦橋に上がったルードヴィク・ケラー中尉は、

「周囲に敵影なし」

と報告している。

敵の哨戒機に頭を抑えられている間に、Ｕ５６８が潜む海域を通過していったのだ。

「Ｕ６１７の姿は見えないか？」

「……見えません」

オットー・シュトラウス艦長の問いに、ケラーはしばしの沈黙の後に答えた。

「浮遊物は？」

「見当たりません」

「分かった。電波探知機《チュニス》の準備を急いでくれ」

ケラーに命じ、シュトラウスは一旦やり取りを終わらせた。

「ノイベルクを死なせてしまった。しかも、俺たちの身代わりに……」

シュトラウスは、大きく溜息をつきながら、その言葉を絞り出した。

Ｕ５６８が敵機から逃れて潜航したとき、左舷側から続けざまに炸裂音が届いたのだ。

距離は約二〇〇〇メートル。フランツ・ノイベルク艦長のＵ６１７がいたあたりだ。

シュトラウスはＵ６１７の無事を祈ったが、

「艦体破壊音を確認」

との報告が届いたとき、旧部下の命運《めいうん》が尽きたことを悟った。


敵はＵボート一隻を沈めたことで満足したのか、新たな対潜爆弾の投下はなかった。

Ｕ６１７が、たとえ大きく損傷していても浮上して来ることをシュトラウスは願ったが、奇跡は起こらなかった。

Ｕ６１７は、ノイベルク艦長以下四四名の乗員と共に、イギリス本土南方の海底に沈んだのだ。

「本艦は、故意にＵ６１７を犠牲にしたわけではありません。敵機の飛行経路が二〇〇〇メートルずれていたら、沈められたのは本艦だったでしょう」

「分かっている」

ヘルムート・マイスナー航海長の言葉に、シュトラウスは応えた。

生死は、運に大きく左右される。

ノイベルクとＵ６１７の乗員は、運に恵まれなかったのだ。

それでも、旧部下以下の四四名を身代わりに差し出したような後ろめたさは消えなかった。

「チュニスの準備完了」

「敵電波の探知、始めます」

艦橋上のケラーから報告が入り、電測士のブルーノ・ディーター一等兵曹が命じられるよりも早く、操作を開始した。

「敵電波を探知。方位二〇度、一七浬」

数分の間を置いて、ディーターが結果を報せる。

「針路二〇度、速力一〇ノット」

「針路二〇度。速力一〇ノット」

シュトラウスが力のこもった声で命じ、マイスナーが復唱した。

U568は艦首を右に振り、船団の後方から、一〇ノットで追跡を開始した。

「熱くなり過ぎないで下さい、艦長」

マイスナーが、傍らから声をかけた。

「俺は、冷静なつもりだが?」

「顔つきが、いつもと違います。何かに怒っておられるように見えます」

シュトラウスは両目をしばたたいた。

自分では沈着に艦長の任務をこなしているつもりだったが、ノイベルクを喪《うしな》った怒りと悲しみが、知らず知らずのうちに表情に出てしまったのか。

「忠告に感謝する。航海長の言う通り、感情に駆られていたようだ」

シュトラウスは、素直《すなお》に頭を下げた。

艦長の自分が冷静さを失えば、U568の乗員四三名の命を危険にさらすことになる。

ノイベルクは武運に恵まれず、部下と共に戦死したが、自分までが部下を失うわけにはいかない。

すぐには、新たな動きはない。

U568の上空に敵機が来襲することも、駆逐艦が艦の面前に立ち塞がることもない。

ただ、ディーターは敵レーダー波の出力が、時間と共に増大している旨を報告している。

U568が、敵船団との距離を詰めている証《あかし》だ。

（戦友たちと、時機を合わせて襲撃できればいい

が）

シュトラウスは、船団の行く手で網を張っているであろうUボートのことを思い浮かべた。

U617を失ったとはいえ、第七九潜水戦隊には、U568を含めて七隻のUボートが健在だ。他の潜水戦隊の参陣も期待できる。

多数のUボートが、同時に異方向から襲いかかれば、連合軍の対潜艦艇も、全てには対処できないはずだ。

そのためには、時機を合わせることが重要になる。

「艦橋より艦長。左前方に閃光を確認。光量から、爆発光と推測します」

シュトラウスの思考は、ケラーの報告によって中断された。

対潜用艦艇の火器は、一二・七センチクラスの小口径砲であり、発射炎は小さい。また、敵艦の発砲であれば、発射炎の明滅は連続するはずだ。

ケラーはそれらのことから、敵艦が浮上中のUボートを砲撃したのではなく、味方が雷撃を成功させたと判断したのだろう。

「代われ。俺が艦橋に上がる」

シュトラウスはケラーに命じた。

数分後、シュトラウスはU568の艦橋に立ち、艦の左前方に揺らめく光を見つめていた。

発射炎の明滅はなく、砲声も聞こえない。

敵の対潜艦艇や哨戒機が、潜航中のUボートを探しているのかもしれない。

「水測、爆発音は確認できんか？」

「確認できません」

シュトラウスの問いに、水測士のカール・シュプケ一等兵曹が答える。

現在のところ、味方のUボートは発見されていないようだ。

U568に向かって来る敵艦や敵機もない。たった今雷撃を成功させたUボートを仕留めようと、躍起になっているのかもしれない。

（その間に、こちらは距離を詰められる）

シュトラウスは小さく笑った。

敵が潜航中のUボートに気を取られているところに、後方から魚雷を見舞うのだ。連合軍の狼狽ぶりが目に浮かんだが――。

「海中に爆発音を確認！」

シュプケが報告を上げた。

（見つかったか）

シュトラウスは舌打ちした。

先に雷撃を成功させた艦か、他の艦かは不明だが、潜航中のUボートが敵に発見され、爆雷攻撃を受けたのだ。

「爆発音、連続します。現在までに一五」

シュプケの報告は続く。

U568の艦橋からは、激しい戦闘が展開されているようには見えない。

最初に被雷した艦の火災炎が、闇の中で揺れているだけだ。

だが、海中では熾烈《しれつ》な戦闘が繰り広げられている。

上空では磁探を装備した哨戒機が飛び回り、海中では探信音が潜航中のUボートを探っている。

ひとたび発見されるや、多数の爆雷が海中に投げ込まれ、爆発に伴う衝撃が、艦を襲って来る。

「爆発音、止みました」

「艦体破壊音は確認できたか？」

「はっきりとは分かりません」

（やられたな）

シュプケの返答を聞いて、シュトラウスは、また一隻、戦友の艦が沈んだことを悟った。

爆発音が止んだのは、敵がUボート一隻を仕留めたと確信したためだ。

シュプケが艦体破壊音を聞き取れなかったのは、戦場となっている海面まで距離があるためだろう。

「新たな爆発音を確認。複数です！」

シュプケが新たな報告を上げる。また一隻、潜航中のUボートが敵に発見されたのだ。

「発令所より艦長。速力を上げましょう。戦友を救わなければ」

艦内に戻ったケラーが、たまりかねたように具申《ぐしん》した。

「駄目《だめ》だ！」

シュトラウスは、一言《いちごん》の下《もと》に却下《きゃっか》した。

闇雲《やみくも》に突撃しても、敵にU568撃沈の凱歌《がいか》を上げさせることにしかならない。

今は、敵と距離を置きつつ、攻撃の機会を見出す以外にない。

「……分かりました」

伝声管《でんせいかん》から、ケラーの不満そうな声が伝わった。

（分かってくれ、ケラー）

腹の底で、シュトラウスは部下に呼びかけた。

戦友たちのUボートが沈められるのを、遠方からただ見ているだけというのは、何とも悔《くや》しく、もどかしいが、無謀な行動を取るわけにはいかない。

ここで戦死すれば、連合軍のイギリス本土上陸阻止も、ノイベルクの仇討《あだう》ちもできなくなる。

戦闘は、なおも続く。

ひとしきり、爆雷の炸裂音が続いたかと思うと唐突に止み、数分後に再開される。

それが四回繰り返されたとき、

「艦長、左前方に敵艦です！」

信号兵のヨハネス・ウルリーケ水兵長が叫んだ。

「輸送船だな」

シュトラウスは直感した。

駆逐艦なら、既にU568に対して砲撃を開始しているはずだ。

Uボート群の襲撃を受け、回避行動を取っているとき、僚船にはぐれた船と推定された。

「艦内に戻れ。左前方の敵輸送船をやる」

「ケラー、雷撃目標、左前方の敵輸送船。発射雷数二！」

シュトラウスは艦橋上の全員に命じ、次いで発令所のケラーに命じた。

船団の横合いから雷撃を敢行し、複数の輸送船を一網打尽に沈めたいところだが、現状では止むを得ない。

ここは堅実に、隊列から離れた艦を仕留めるのだ。

「目標が一隻なら、砲撃で沈めては？」

ケラーが具申した。

単独航行の商船には、高価な魚雷は使用せず、砲撃で沈めるのが常道《じょうどう》だ。Ｕボートの備砲《びほう》でも、確実に撃沈できる相手だからだ。

「いや、魚雷を使う。砲戦の間に応援を呼ばれたら、本艦が追い詰められる」

シュトラウスは答えた。

敵は、大規模な輸送船団の一艦だ。無線一本で、対潜艦艇や哨戒機が駆け付けて来る。

自艦の安全を第一に考えるなら、交戦の時間を最小限に留めねばならない。そのためには、雷撃を用いるのが最善だ。

「分かりました。目標、左前方の輸送船。発射雷数二」

ケラーが復唱を返した。

ほどなく発令所から「発射管、一番、二番、準備よし」との報告が届いた。

艦は、敵船の未来位置に艦首を向けている。

上陸部隊の将兵を乗せているのか、戦車や火砲を運んでいるのかは不明だが、喫水《きっすい》を大きく沈め、船足《ふなあし》も遅い。外しようがない目標だ。

「一番、二番発射！」

シュトラウスは、落ち着いた声で命じた。

艦首の周囲が泡立ち、二条の航跡が伸びた。

魚雷二本の発射を確認すると同時に、シュトラウスは「全員、艦内に戻れ」「急速潜航」を下令した。

浮上中、周囲に駆逐艦や哨戒機の姿は見えなかったが、戦場では秒単位で状況が変化する。

発射後、直ちに潜航するのが、生き延びるための鉄則だ。

シュトラウスが発令所に戻った直後、分厚い海水を通して、炸裂音が二度繰り返して伝わった。

「確実だな」

シュトラウスは、ケラーやマイスナーと顔を見合わせ、右手の親指を立てた。

積み荷を目一杯積んだ輸送船なら、魚雷一本で充分だ。二本も命中したのでは、ひとたまりもなかったろう。

艦が静止し、懸吊《けんちょう》状態に入るまでの間、シュトラウスは戦友たちの艦に思いを馳せた。

何隻が未帰還になったのだろうか、と。

2

英本土への上陸は、掃海作業から始まった。

リヴァプールの北方に位置するフォームビーからサウスポートにかけての海岸の沖に、多数の掃海艇が展開し、機雷の除去作業にかかる。

二隻が一組になり、掃海具を牽引して、海岸に沿ってゆっくりと航行する。

係留索《けいりゅうさく》を切られ、浮かび上がった機雷に、後部の機銃が銃撃を浴びせ、次々と爆破してゆく。

沖合には、英国本国艦隊の戦闘艦艇が布陣し、海岸に睨みを利かせている。

巡洋艦、駆逐艦だけではなく、キング・ジョージ五世級戦艦、リナウン級巡洋戦艦も、主砲を内陸に向けている。

内陸の砲陣地から、掃海艇に向けて一発でも発射されるようなことがあれば、倍どころか一〇〇倍にして返すとの、無言の意思表示だった。

内陸に閃く発射炎はなく、掃海艇目がけて砲弾が飛んで来ることもない。

海岸に、ドイツ兵が姿を見せることもない。

アイリッシュ海に面した英本土の海岸は、静寂《せいじゃく》に包まれている。

海を騒がせるものは、掃海艇によって処分される機雷の炸裂音だけだ。

英本土が他国の軍に占領されているとは、到底《とうてい》思えなかった。

午前中一杯をかけて、掃海作業が終わった。

掃海部隊の旗艦から、全艦に宛て、

「掃海作業完了」

との報告電が発せられるや、それは起こった。

掃海艇の乗員の目には、水平線が動いたように見えた。

海岸に狙いを定めている戦闘艦艇の後方から、多数の輸送船が、海岸に向かっている。

戦艦や巡洋艦、駆逐艦の間を抜け、海面を埋め尽くさんばかりにして、フォームビーとサウスポートの間の海岸に殺到する。

沖合で一旦停止し、上陸用舟艇《しゅうてい》を海面に下ろす船がある一方、速力を落とすことなく、陸地に接近する船もある。

どの船も、地上からの攻撃に対して、直ちに応戦できるよう、備砲に仰角をかけ、砲口を海岸に向けている。

船上では、歩兵や工兵がいつでも戦闘状態に入れるよう身構《みがま》えながらも、近づいて来る海岸を、食い入るように見つめていた。

上陸部隊を迎え撃つ砲声は、ただ一度も轟くことはなかった。

揚陸艇や上陸用舟艇は、白波を蹴《け》立《た》てながら、次々と着岸し、停止した。

門扉《もんぴ》が開かれ、道板《みちいた》が渡される。

最初の一人——英国陸軍第二一工兵連隊に所属するジェームズ・スチュワート上等兵が、アメリカ製のM1〝ガーランド〟半自動小銃を構え、周囲に注意深く目を配りながら、海岸の砂を踏みしめた。

スチュワート目がけて、敵弾が飛んで来ることはない。

大英帝国正統政府に従う陸軍部隊は、血を流すことなく、最初の一歩を下ろしたのだ。

「帰って来た。帰って来たぞ！　俺たちは、祖国に帰って来たんだ！」

一九四四年五月二八日一三時二九分、スチュワートの興奮した叫びが、祖国の土を踏んだ将兵の第一声となった。

歓喜は、後続する兵や、他の揚陸艇や上陸用舟艇に乗る兵にも伝わる。

誰もが、祖国に帰還した喜びを抱きつつ、次々と海岸に足を下ろす。

兵士らを全て降ろした揚陸艦や上陸用舟艇は海岸から離れ、後続艇のために場所を空ける。

そこに、また新たな艇が着岸し、歩兵や工兵が上陸する。

戦車、装甲車等の戦闘車輛、榴弾砲、加農砲《かのん》といった重火器の揚陸にかかる艇や、補給物資の梱包を満載したトラックの揚陸を始める艇もある。

工兵隊は、さっそく仕事にかかっている。

海岸に埋設されている地雷を探し出し、除去するのだ。

上陸後の第一声を放ったスチュワートも、スチュワートが所属する第二二工兵連隊の兵士たちも、黙々と地雷を探り当て、一発ずつ処分する。

工兵隊の後方では、歩兵部隊が援護の態勢を取っている。

内陸に向けて迫撃砲《はくげきほう》を構え、あるいは軽機関銃を設置して、ドイツ軍の逆襲に備える。

英本土は、祖国であると同時に、ドイツ軍が守りを固める敵地なのだ。

歓喜を爆発させたのは、上陸直後だけであり、その後は誰もが兵士の顔に戻っていた。

海岸には、なおも新たな揚陸艇や上陸用舟艇が着岸し、続々と上陸部隊や補給物資を下ろしている。

海岸に築かれた橋頭堡《きょうとうほ》は、急速に拡大されつつあった。

3

英本土における戦況は、戦艦「武蔵」艦上の遣欧艦隊司令部にも逐一《ちくいち》報告されていた。

「英国第三軍が六月一五日時点で制圧したのは、ランカスター、プレストン、ブラックプール、ウィガンです。英軍は行く先々で、英国民の歓迎を受けており、英軍に志願する者も続々と集まっている、との報告が届いております」

陸軍参謀岸川公典中佐が、長官公室の机上に広げられている英本土の地図上に、英国旗のピンを刺した。

いずれも、英本土の西岸に位置する小都市だ。

「Uボートの雷撃による被害は、思っていたほど大きなものではなかったということか。船団が、多数のUボートによる襲撃を受けたと聞いたときには、肝を冷やしたが」

小林宗之助司令長官が言った。

英本土の西岸に上陸部隊を運んだ輸送船団は、セント・ジョージ海峡の手前で、二〇隻以上と推定されるUボートの襲撃を受けている。

護衛に当たっていた対潜戦隊と基地航空隊の哨戒機が奮戦し、Uボート一一隻の撃沈を数えたが、船団を守り切ることはできず、輸送船四隻、揚陸艇二隻、護衛艦艇二隻が雷撃により撃沈された。

だが、上陸作戦の指揮を執るルイス・マウントバッテン大将は作戦続行を決断し、予定通り英本土の西岸に、第三軍を上陸させた。

幸い、第三軍は順調に作戦を進めている。

Uボートの襲撃が作戦に及ぼした影響は、最小限のもので済んだのだ。

「遣欧艦隊として最も気にかかるのは、リヴァプール陥落の見通しです。同地を占領すれば、英本国艦隊だけではなく、遣欧艦隊も英本土に移動できます」

高田利種首席参謀が、地図上のリヴァプールを軽く叩いた。

現在、連合軍の艦隊は、アイリッシュ海の北部に位置するマン島を仮泊地《かりはくち》に定めている。

遣欧艦隊は南東部のカッスルタウン湾、ジェームズ・ソマーヴィル大将麾下の英本国艦隊は東岸のダグラス湾だ。

リヴァプールの奪回に成功すれば、同港に移動する予定だが、同市にはドイツ軍二個師団が駐留し、周辺に堅固《けんご》な防御陣地を築いている。

「リヴァプールの攻略には、欧州方面軍隷下の第一八軍が当たります。軍司令官は、市街戦に突入すると、戦闘が長期化することに加え、港湾施設にも多大な被害が生じることから、無理攻めはせず、同市を包囲してドイツ軍を孤立《こりつ》させる方針を採るそうです」

「攻囲《こうい》戦となりますと、直接市内に進攻する以上に、戦闘が長期化するのではありませんか？」

眉《まゆ》をひそめた高田利種首席参謀に、小林が言った。

「リヴァプールは、英本土解放の重要拠点となる場所だ。市をできる限り損なうことなく手に入れるには、攻囲戦が最善の策だろう。英本土奪回作戦を開始するに当たり、陛下《へいか》から賜《たまわ》ったお言葉もある」

小林も、第一八軍司令官の安達二十三《あだちはたぞう》中将も、英本土奪回作戦に先立って、

「英国民に犠牲が生じることのないよう、極力配慮して欲しい」

との言葉を、天皇より賜っている。

市街戦になれば、市民を巻き込むことは避けられない。

市民の犠牲と市街地の被害を最小限に留めるには、攻囲戦が最善の策となる。

「ドイツ軍に足下を見られませんか？　リヴァプールの重要性は、敵も理解していると考えますが」

青木泰二郎参謀長の問いに、岸川は返答した。

「現在、英第三軍が東方のマンチェスターと南東の

バーミンガムに向かっております。マンチェスター、バーミンガムとの連絡線を遮断すれば、リヴァプールは完全に孤立します。そこを狙って降伏を呼びかければ、同地のドイツ軍守備隊は降伏するのではないか、と軍司令官は睨んでおります」

「エジプトで使った手だな」

小林は微笑《びしょう》した。

エジプトでは、首都カイロを力攻《ちからぜ》めにせず、同市に繋がるアレキサンドリア、ポートサイドといった重要な港を攻略し、補給や増援の道を断ち切った。

結果、同市にたてこもっていたイタリア軍は、戦意を失って降伏したのだ。

第一八軍の安達軍司令官は、同じ手を英本土で使おうとしている。

「同じ枢軸軍といっても、ドイツ軍とイタリア軍は違いますぞ。イタリア軍に比べて戦意は旺盛であり、忍耐強さでも勝っています。簡単に降伏するでしょうか?」

懸念を表明した青木に、小林は言った。

「ことは陸軍の領分だ。任せる以外にあるまい」

「本艦と『大和』でリヴァプールに乗り込んで、海上からドイツ軍を威圧《いあつ》してはいかがでしょうか? 市街地を直接砲撃しなくとも、精神的な重圧をかけることは可能と考えますが」

砲術参謀藤田正路《ふじたまさみち》中佐の具申に、小林は応えた。

「陸軍から要請があればな」

「英本土の航空戦は、どのような状況でしょうか?」

今度は、青木が質問した。

陸軍部隊の英本土上陸と合わせて、海軍第一一航空艦隊隷下の第二二、二三航空戦隊がマン島南東部のロナルズウェイ飛行場に展開し、空からの支援に当たっている。

一一航艦司令部からの報告によれば、二二、二三航戦は、ドイツ空軍の再三に亘る反撃を撃退し、英本土西部の制空権を確保しているとのことだ。

英本土のドイツ空軍は、東部の飛行場を修復すると共に、残存機を集結させ、反撃の機会をうかがっているという。

ドイツ本国から大規模な増援部隊が送り込まれるようなことがあれば、制空権を奪い返される可能性が考えられた。

「仮にドイツ空軍の増援があるとしても、英本土に航空燃料、弾薬、飛行場の設営部隊を送り込んでからになります。燃料、弾薬がない状態で、増援部隊だけを送り込んでも意味がありません」

芦田優作戦参謀が発言した。

「現在、英本土と大陸欧州の海上輸送路は、連合軍の潜水艦が遮断しています。ドイツが英本土への物資輸送を試みても、海の藻屑《もくず》となるだけです」

水雷参謀の重川敏明《しげかわとしあき》中佐が、笑いながら言った。

英本土のドイツ軍は、将棋《しょうぎ》で言う「詰《つ》み」だ。

連合軍の勝利は動かない、と言いたげだった。

「潜水艦は、英本土の沿岸部全てを網羅しているわけではありません」

芦田は立ち上がり、英本土の地図に指示棒を伸ばした。

「連合軍の潜水艦が展開しているのは、英本土の南岸沖から、ドーバー海峡を含めた東岸沖にかけてです。英本土の北部は手薄《てうす》な状態です」

「北海《ほっかい》方面には、英本国艦隊が目を光らせている。敵の補給物資や増援部隊の輸送に、手をこまねいていることはないと考えるが」

高田首席参謀が、首を捻《ひね》りながら言った。

未だに本土の大部分がドイツ軍の占領下に置かれているとはいえ、英本土周辺の海は英海軍の庭のようなものだ。

ドイツ軍の輸送船の通過を、黙って見逃すとは考え難《にく》い、と主張したいようだった。

「ドイツ海軍が、水上砲戦部隊を大挙《たいきょ》繰り出して来る可能性も考えられます」

芦田は、壁に貼られているドイツ海軍の勢力図を指した。

ドイツ大海艦隊《たいかい》は、ビスマルク級戦艦とシャルンホルスト級巡洋戦艦各二隻を擁している。

ビスマルク級戦艦一隻には、昨年一〇月のシチリア沖海戦で手傷《てきず》を負わせたが、半年以上が経過している現在、既に修理を完了している可能性が高い。

これだけなら、マン島の英本国艦隊だけでも対抗は可能だが、ドイツは二年半前、英国が降伏したときに、英海軍の艦艇を多数接収している。

それらの中には、四〇センチ主砲九門を装備するネルソン級戦艦二隻や、旧式ながら火力が大きいロイヤル・ソヴェリン級戦艦、クイーン・エリザベス級戦艦も含まれる。

これらがドイツ大海艦隊と共に、英本土近海に出撃して来る可能性がある——と、芦田は起こり得る危機について説明した。

「ドイツ海軍の総力出撃など、あるだろうか？　今になって艦隊決戦を挑んで来るなら、上陸部隊が英本土に取り付いた時点で出て来そうなものだが」

青木が首を傾げた。

上陸部隊への攻撃をUボートに任せきりにしていたドイツ海軍に、そんな意志があるとは考え難い様子だった。

「今だからこそ、とも考えられます」

芦田は、青木の疑問に答えた。

上陸作戦時にドイツ艦隊が出撃して来れば、機動部隊の艦上機による撃滅が可能だった。

だが機動部隊は、英本土の敵航空基地に対する攻撃を終えた後、一旦後方に下がって補給と消耗した戦力の補充を受けている。

ドイツ艦隊にとっては、航空機に妨《さまた》げられることなく、日英艦隊と雌雄《しゆう》を決する好機なのだ。

「ドイツ海軍の水上部隊は、決して臆病《おくびょう》ではありません。昨年一〇月のシチリア沖海戦では、ビスマルク級戦艦が遠距離砲戦に終始し、戦意が乏しいように見えましたが、あれは囮の役を務めたためでした。上陸地点のリカタに突入して来た巡洋艦、駆逐艦の動きは実に勇猛果敢だったと、対潜戦隊が報告しています。その彼らが、艦隊決戦を躊躇うとは考えられません」

「艦隊決戦なら、望むところだ」

小林が長官公室を見渡し、宣言するように言った。

「敵の水上部隊が出現した場合には、遣欧艦隊本隊も英本国艦隊と共に出撃する。シチリア沖で付けられなかった決着を、北海で付けよう」

4

北海に面したドイツの港湾都市ブレーマーハーフェンには、多数の輸送用船舶が入港していた。

船舶だけではない。

ドイツ第二の都市ハンブルクや首都ベルリン、西部ドイツのブレーメン、ハノーバー、シュツットガルトといった諸都市から、臨時列車が次々と入線し、大量の貨物が船に積み込まれてゆく。

梱包には、ダイムラー・ベンツやBMWといった航空機のエンジン・メーカーや部品メーカーの名が書かれているものが多い。

航空機用燃料を詰めたドラム缶や、銃弾、爆弾の梱包が積み込まれる船もある。

空軍の基地に送られる補給物資であることは明らかだ。

港湾の作業員には、積み荷の送り先は知らされていなかったが、

「どこに運ぶんだ？　東部戦線か？」

「東部戦線なら陸路で運ぶか、キールから船に積むはずだ」

「イギリスだろうな。他には考えられない」

といった囁《ささや》きが交わされていた。

北海に面しているもう一つの港湾都市ヴィルヘルムスハーフェンにも、多数の輸送船が入港しているが、こちらには航空機用の部品、燃料、弾薬等は運

ばれていない。

　列車から降ろされ、船に積み込まれるのは、戦車、装甲車、火砲等の陸戦兵器であり、完全武装のドイツ軍兵士だ。

　兵士らは無駄口《むだぐち》を叩くことなく、黙々と輸送船に乗り込んでゆく。

　ブレーマーハーフェン同様、港湾の作業員には何も知らされていなかったが、彼らがイギリスの最前線に送られることは明らかだった。

「無事に着けばいいが……」

　ヴィルヘルムスハーフェンで、三〇年近く働いている老作業員は、輸送船に乗り込んでゆく兵士たちを見送りながら呟いた。

　フランスのルアーブルやシェルブールから出港し、イギリス本土に向かっていた輸送船が、何隻も連合軍の潜水艦に沈められたとの情報は、ヴィルヘルムスハーフェンにも届いている。

　増援部隊の兵士を乗せた輸送船が撃沈されたときには、五〇〇名以上の若者が船と共に沈み、ほぼ同数の若者が海に投げ出されて、長時間の漂流を余儀《よぎ》なくされたという。

　相次ぐ輸送船の喪失を見た軍上層部は、「イギリス南岸への物資輸送は、もはや不可能」と判断し、海上輸送路を北海経由のものに切り替えている。

　それも、いつまで安全なのかは分からなかったが。

　イギリスに向かわんとしている兵士たちの中には、老作業員の息子と同じぐらいの年齢の者が少なくない。まだ一〇代と思える少年兵の顔も見られる。

　老作業員は、首から提《さ》げたロザリオを握り締めながら祈った。

（あの若者たちに、神の御加護《かご》を）

　同じヴィルヘルムスハーフェンでは、一群の戦闘艦艇が出港準備を整えていた。

戦艦は六隻。石造りの城のようにがっしりした艦橋構造物を持つ艦が四隻に、丈高《たけたか》い三脚檣を持つ艦が二隻だ。

がっしりした艦橋を持つ戦艦四隻のうち、二隻は四連装砲塔二基、連装砲塔一基という特異な主砲配置を持つ。

戦艦「カイザー」と「カイザーリン」。旧イギリス戦艦の「アンソン」と「ハウ」だ。

他の二隻は、三連装の主砲塔三基を全て前部に集中配置している。

艦橋は中央よりも後ろ寄りに位置しており、一目で他艦と見分けられる形状だ。

艦名は「ザクセン」「バイエルン」。かつては日本海軍の長門《ナガト》型、アメリカ海軍のコロラド級と共に、「世界のビッグ・セブン」と謳《うた》われたこともある旧イギリス戦艦の「ネルソン」「ロドネイ」だ。

残る二隻は、やはり旧イギリス海軍のロイヤル・ソヴェリン級戦艦に属する「レゾリューション」「ラミリーズ」だったが、ドイツの軍籍を得た今は「ザールラント」「ヘッセン」と名を変えている。

これら六隻が、「ドイツ北海艦隊」の名を冠された水上砲戦部隊の主力だ。

他に、重巡洋艦二隻、軽巡洋艦六隻、駆逐艦二六隻が、編成に加えられている。

いずれもイギリスが降伏した後、ドイツに接収され、ドイツ本国に回航された、旧イギリス海軍の主力艦艇群だった。

「妙な気分だな」

旗艦「カイザー」の艦橋で、出港を待っている北海艦隊司令官エルンスト・リンデマン少将は、苦笑しながら言った。

「何がです？」

「私が、この艦に乗っていることが、だ」

聞き返した参謀長ハンス・オスターマン大佐に、リンデマンは答えた。

リンデマンは、戦艦「ビスマルク」の初代艦長という前歴を持つ。

このときは、イギリス軍の巡洋戦艦「フッド」を轟沈させ、新鋭戦艦「プリンス・オブ・ウェールズ」に命中弾を与えて撃退に成功した。

その後、「ビスマルク」は「フッド」の復讐《ふくしゅう》戦に燃えるイギリス本国艦隊の追跡を受けたが、辛うじて逃げ切りに成功し、母港のキールに帰還した。

リンデマンは、このときの功績で少将に昇進し、現在はイギリス製の艦艇で編成された艦隊の指揮官を任されるまでになったが、旗艦に定めた「カイザー」、旧名「アンソン」は、「プリンス・オブ・ウェールズ」の姉妹艦だ。

実際に、キング・ジョージ五世級戦艦と戦った経験を持つ自分が、そのキング・ジョージ五世級戦艦を自らの旗艦として、戦場に赴《おもむ》こうとしている。

戦時国際法に「鹵獲《ろかく》した兵器を使ってはならない」などという条項がない以上、非合法ではない。

現に陸軍や空軍では、東部戦線で鹵獲したソ連の戦車や火砲を戦場に投入したり、イギリスから接収した軍用機を使ったりしている。

デ・ハビランド社の全木製機やアブロ社の四発重爆撃機は、ドイツ本国でも生産され、前線に多数配備されているほどだ。

それらの事実は承知しているが、この自分がキング・ジョージ五世級戦艦の一艦に将旗を掲げることになるとは——と、奇妙な感慨を覚えずにはいられなかった。

「本艦の性能には、御不満ですか?」

「そのようなことは、全くない」

「カイザー」艦長オイゲン・ジークムント大佐の問いに、リンデマンはかぶりを振った。

艦の性能面については、リンデマンは高く評価している。

主砲の口径は三五・六センチと、「ビスマルク」の三八・一センチ砲よりやや小さいが、装備数は一〇門と多い。

防御力も高く、四〇センチ砲弾を喰らっても、容易に貫通を許さない。

最高速度は二八ノットと、「ビスマルク」よりやや遅いが、実用上の問題はない。

「ビスマルク」と互角の戦艦を指揮下に収めることは、艦隊指揮官として、大いに誇り、喜ぶべきことだった。

「マダガスカル沖や紅海では、既にフランス製の軍艦が、鉤十字《スワスチカ》の旗を掲げて戦っている。どこで建造された艦であれ、一旦ドイツの軍籍に編入された以上は、栄《は》えあるドイツ海軍の軍艦なのだ。イギリス製の軍艦も同じであり、例外はない」

リンデマンは、はっきりした口調で言った。部下に聞かせるより、自分自身を納得させるような物言《ものい》いだった。

「ところで、空軍からの回答は届いたかね？」

「残念ですが、北海艦隊に協力する余裕はないとのことです」

リンデマンの問いに、オスターマンが沈んだ声で答えた。

出撃を命じられたとき、リンデマンは海軍総司令部を通じ、空軍に作戦協力を要請していたのだ。

戦場上空の制空権を奪取すれば、味方観測機の安全を確保すると共に、敵の観測機を排除し、艦隊戦を有利に進められると考えていたが――。

「空軍も、イギリス本土の航空戦で大きな損害を受けていることに加え、東部戦線を優先せざるを得ない、と伝えて来ました」

「致し方があるまいな」

リンデマンは肩を竦《すく》めた。元々、空軍から色好《いろよ》い返事は期待していなかった。

「ビスマルク」の艦長を務めていたときには、空軍の援護などなくとも、「フッド」撃沈の戦果を上げ、イギリス艦隊の追跡を振り切ることに成功したのだ。

今度も、艦隊の力だけで勝って見せる。

ほどなく、出港の時刻が訪れた。

「船団の準備、完了したとの報告です」

通信室からの電話を受けた作戦参謀のライモント・シュヴァルツァー中佐が報告した。

「ブレーマーハーフェンの船団はどうだ?」

「出港準備を完了したとの報告が届いています」

リンデマンは、オスターマンらに頷いた。

「行くとしよう。——イギリス本土で頑張っている戦友たちのために」

第五章　骨肉の海戦

1

「索敵機より受信。『敵艦隊見ユ。位置、〈エジンバラ〉ヨリノ方位八五度、一五〇浬。敵ハ戦艦二、巡洋艦四、駆逐艦一二。敵針路二七〇度。〇五一八《マルゴヒトハチ》』」

遣欧艦隊旗艦「武蔵」の艦橋に、報告が届けられた。

昭和一九年六月二六日の五時三八分だ。

この時期、高緯度地方は日が長く、夜はおよそ二時間前に明けている。

遣欧艦隊本隊の現在位置は、スコットランドの首都エジンバラの東方八〇浬。索敵機が発見した敵艦隊とは、約七〇浬の距離を隔《へだ》てている。

「武蔵」に付き従うのは、姉妹艦「大和」、第五戦隊の妙高型重巡四隻、第二水雷戦隊の駆逐艦一三隻だ。

水雷戦隊の旗艦は、通常は軽巡が務めるところだが、新型駆逐艦の「島風《しまかぜ》」が充実した通信設備を持つところから、同艦が旗艦となっていた。

「戦艦は二隻だけか?」

「敵は、艦隊を二分《にぶん》しているのかもしれません」

眉をひそめた小林宗之助遣欧艦隊司令長官に、航海参謀木暮寛《こぐれひろし》中佐が言った。

「敵戦艦は、新鋭艦と旧式艦の両方を含むと見積もられます。高速艦と低速艦に隊列を組ませ、高速艦が機動力を発揮できなくなることを嫌い、艦隊を二分したと推測します」

「今の状況下で、ドイツ軍が戦艦二隻だけを出撃させるとは考えられません。近くに、敵の別働隊がいるはずです。索敵機の続報を待ってはいかがでしょうか?」

芦田優作戦参謀の具申に、小林は「うむ」とのみ答えた。

長官席に腰を下ろしたまま、しばし沈黙する。

遣欧艦隊本隊は、一八ノットの艦隊速力を保ったまま、エジンバラの東方海上を遊弋《ゆうよく》している。

続報は、およそ三〇分後に届いた。

「索敵機より受信。『敵艦隊見ユ。位置、〈エジンバラ〉ヨリノ方位九五度、一五五浬。敵ハ戦艦四、巡洋艦四、駆逐艦一四。敵針路二七〇度。〇五四〇《マルゴヨンマル》』」

「航海参謀が言った通りだな」

蔵富一馬通信参謀が報告電を読み上げると、小林は満足げに頷いた。

「戦艦の数は、ヴィルヘルムスハーフェン沖で発見された敵艦隊と一致する。敵は二隊に分かれ、北海を西進中だ」

六月一九日早朝、遣欧艦隊の指揮下にある伊号第三八潜水艦から、緊急信が打電された。

ドイツの北海沿岸にある要港ヴィルヘルムスハーフェンより、有力な艦隊が出港したとの報告だ。

「敵ハ大型艦五乃至六ヲ伴フ」

と、報告電は伝えていた。

六月一九日の正午前には、マン島に展開している基地航空隊の索敵により、敵の陣容が判明した。

ヴィルヘルムスハーフェンより出港した艦隊は、戦艦六隻、巡洋艦八隻、駆逐艦二六隻。

後方に、多数の輸送船を伴っている。

ドイツ軍が強力な水上部隊を護衛に付け、大規模な増援部隊と補給物資を、英本土に送ろうとしていることは間違いなかった。

小林司令長官は遣欧艦隊本隊に、テムズ河口とエジンバラの中間に位置するフラムバラ岬の沖で待機するよう命じた。

敵の目的地は、エジンバラである可能性が高いが、英本土南部への輸送を強行する可能性も考えられる。

敵がどこに来ても、即応できる位置に布陣したのだ。

連合軍は、一時ドイツ艦隊を見失ったが、六月二四日、索敵機が再びドイツ艦隊を捕捉した。

ドイツ艦隊はエジンバラの東方二五〇浬に、輸送船団はその北北東一二〇浬に、それぞれ位置することが判明したのだ。

「敵の目的地はエジンバラ。我が方の索敵網から逃れるため、迂回航路を採ったと推測される」

遺欧艦隊はこの結論に至り、英本国艦隊と共に、エジンバラ沖に移動したのだ。

「発見された二部隊以外に、敵発見の報告はないか？」

小林の問いに、芦田が答えた。

「第三の敵艦隊は発見されておりません。エジンバラに向かっている敵艦隊は、ヴィルヘルムスハーフェンから出港した艦隊のみと考えて間違いないでしょう」

「大海艦隊の主力は温存したいということだろうか？」

「ドイツ海軍の思惑《おもわく》までは分かりません。はっきりしているのは、敵艦隊が擁する戦艦が六隻ということと、その中にビスマルク級やシャルンホルスト級は含まれていないことです」


ドイツ大海艦隊の根拠地となっているキールは、バルト海の沿岸に位置しているため、航空偵察によって動静《どうせい》を探るのは難しい。

ただし、キールから北海への出口は、キール運河の出口があるエルベ川の河口と、スカンジナビア半島とユトランド半島の間にあるスカゲラック海峡の二箇所だけだ。

遺欧艦隊は、この二つの出口付近に伊号潜水艦を派遣し、ドイツ艦隊の動きを見張らせているが、六月一九日から現在までの間に、大海艦隊がエルベ河口やスカゲラック海峡を通過したとの報告はない。

昨年一〇月、シチリア島沖で遺欧艦隊と砲火を交えたドイツ大海艦隊は、英本土への物資輸送には不参加と考えざるを得なかった。

「敵が投入して来たのは、英国から接収した軍艦のみか」

ドイツ海軍の上層部は、何を考えているのか——

小林は、そう問いたげな表情を浮かべて首を傾げた。

マン島の第二二航空戦隊司令部は、索敵機が撮ってきた偵察写真を調べ、

「敵戦艦二隻ハ『キング・ジョージ五世級』、二隻ハ『ネルソン級』、二隻ハ『ロイヤル・ソヴェリン級』乃至『クイーン・エリザベス級』ト認ム」

との報告電を、遣欧艦隊に送っている。

キング・ジョージ五世級戦艦、ネルソン級戦艦は、独特の主砲配置を採っており、他艦とは見間違《みまちが》えようがない。

「敵は、我が方の戦力を知った上で、敢えて英国製の軍艦だけを繰り出して来たものと考えます」

藤田正路砲術参謀が言った。

英本国艦隊は戦艦三隻、巡洋戦艦二隻を擁するが、戦艦「デューク・オブ・ヨーク」、巡洋戦艦「リパルス」は、英本土を巡る航空戦の際に被弾した。

両艦とも、砲戦には不可欠の眼となる電探のアンテナ、光学照準用の測距儀《そっきょぎ》、通信アンテナ等を損傷したため、後方に下がって修理を受けているが、戦列復帰までには二ヶ月程度を要するとの報告が届いている。

遣欧艦隊本隊の戦艦は旗艦「武蔵」と姉妹艦の「大和」だ。

日英両艦隊を合わせた戦艦、巡戦の数は五隻。

ドイツ海軍の総司令部は、六対五なら勝算はあると睨んだのではないか、と藤田は主張した。

「あり得る話だな。舐められたものだという気もするが」

高田が唇《くちびる》を歪《ゆが》めた。

彼らは、「大和」「武蔵」の実力を知らぬらしい、と言いたげだった。

「英本国にキング・ジョージ五世級が残っていたとは意外でした。同級は、英本国艦隊が亡命したとき、全て引き連れて来たと思っていましたが」

青木泰二郎参謀長の疑問に、英軍の連絡将校ニール・C・アダムス中佐が応えた。

「本国艦隊が亡命したとき、ドック内では、キング・

ジョージ五世級の四、五番艦が建造中でした。ドイツは我が国の降伏後、本国の政府に命じて、両艦の建造を続けさせたのかもしれません」

「完成後に接収し、ドイツ海軍に編入したのか？」

「おっしゃる通りです」

「英国の造船技術者が、ドイツのために働くかな？　ドイツに協力すれば、祖国の解放は遠のくばかりだと思うが」

「そのあたりの事情は分かりかねますが、実際に命令を下すのはドイツ政府ではなく、モズレー（オズワルド・モズレー。本国降伏後の英国首相）の傀儡《かいらい》政府です。政府の命令となれば、造船所の技術者や職人たちも従わざるを得なかったのでしょう。彼ら自身と家族の生活も考えねばなりませんし」

「どこで建造された軍艦であっても構わぬさ。敵国の旗を掲げている以上は敵艦だ」

微笑した小林に、芦田が具申した。

「分担を決めてはいかがでしょうか？」


西進中の艦隊のうち、戦艦二隻を擁する部隊は北側に、四隻を擁する部隊は南側に、それぞれ位置している。

戦艦の速度性能を考えると、前者はキング・ジョージ五世級戦艦二隻、後者はネルソン級戦艦二隻、及びロイヤル・ソヴェリン級もしくはクイーン・エリザベス級二隻を擁していると考えられる。

エジンバラ沖に展開している日英艦隊のうち、遣欧艦隊の方が南側に位置しているため、このまま位置を変更しなければ、英本国艦隊がキング・ジョージ五世級戦艦二隻を、遣欧艦隊が英国製戦艦四隻を、それぞれ相手取ることになる。

「南側の敵だ。戦艦四隻の艦隊を、我が隊が引き受ける」

小林は即断した。躊躇の様子は全くなかった。

「大丈夫ですか？　相手は四隻ですぞ」

アダムスが顔を僅かに曇らせた。

敵戦艦四隻のうち、二隻は英国海軍が誇るネルソン級だ。四〇センチ主砲九門の火力は、「世界のビッグ・セブン」を謳われた四〇センチ砲搭載戦艦の中で最強と言っていい。

そのような艦二隻だけではなく、旧式戦艦二隻も戦列に加わっている。

リットリオ級戦艦を轟沈させた大和型でも、荷が重いのではないか、と言いたげだった。

「大丈夫だ。軍縮条約以前に建造された艦なら、三倍の敵を相手取っても勝てる」

小林は自信ありげに答え、逆にアダムスに質問した。

「我が隊よりも、英本国艦隊の方がやり難いのではないかね？　キング・ジョージ五世級は何と言っても英国海軍が満《まん》を持《じ》して海上に送り出した最新鋭戦艦だ。そのような艦とやり合うのは、抵抗を感じるのではないだろうか？」

「その点につきましては、心配は御無用と考えます。出撃前、ソマーヴィル提督とも話しましたが、『ドイツ軍が我が国から接収した戦艦を投入して来るなら、好都合だ。どの艦であれ、我が軍は性能を熟《じゅく》知《ち》している』とおっしゃっていました」

「話は決まったな」

小林は大きく頷き、青木に顔を向けた。

「参謀長、英本国艦隊に伝えてくれ。『北方の敵艦隊ヲ〈A〉、南方ノ敵艦隊ヲ〈B〉ト呼称ス。遣欧艦隊目標〈B〉』と」

2

「マストらしきもの二。方位八五度、距離三万九〇〇〇ヤード（約三万五〇〇〇メートル）」

英本国艦隊旗艦「プリンス・オブ・ウェールズ」の艦橋に、射撃指揮所からの報告が上げられた。

「来たか」

「来ましたな」

司令長官ジェームズ・ソマーヴィル大将と「プリ

ンス・オブ・ウェールズ」艦長ジョン・リーチ大佐が言い交わす声が、日本海軍の連絡将校加倉井憲吉中佐の耳に届いた。

「マストの数増えます。三、四、五」

砲術長ジェラルド・ロウ中佐が、続報を上げる。

「全艦、観測機発進」

ソマーヴィルが命じ、通信参謀マイケル・ノーランド少佐が各艦に命令を伝える。

艦の後方から射出音が届き、加倉井の耳にも馴染みがある三菱《みつびし》「金星《きんせい》」四三型の爆音が轟き始めた。

日本が英国に供与した零式水上偵察機だ。

本来は三座機だが、英国人の体格にはコクピットが狭いため、複座に改造されている。

「プリンス・オブ・ウェールズ」「キング・ジョージ五世」に三機ずつ、「リナウン」に二機ずつが、それぞれ搭載されていた。

「敵戦艦視認！」

ロウが新たな報告を上げた。

遣欧艦隊司令部が「A」と命名した敵艦隊の主力艦が、水平線の向こうから姿を現したのだ。

「『シーガル1』より旗艦。敵一番艦の主砲配置は前部に四連装、連装各一。後部に四連装一。間違いありません。キング・ジョージ五世級です！」

通信室が、観測機からの電話連絡を直接艦橋に繋ぎ、機長を務めるビル・ハンクス大尉の声が届いた。

「やはり、キング・ジョージ五世級ですか」

首席参謀アーサー・コリンズ大佐が、唸るような声を上げた。

敵が戦艦二隻を中心とした部隊と、戦艦四隻を中心とした部隊に分かれて進撃していると判明したとき、作戦参謀ヘンリー・ハミルトン中佐、航海参謀ジョン・キャンベル中佐は、

「前者が、『アンソン』と『ハウ』を含む部隊だと考えられます」

と具申した。

彼らの推測通り、戦艦二隻を中心とする「敵A部

隊」は、キング・ジョージ五世級戦艦の四、五番艦を擁していたのだ。

「キング・ジョージ五世級同士の撃ち合いですか。骨肉相食《こつにくあいは》むとは、まさにこのことですな」

「いや、本懐《ほんかい》だ」

苦々しげに言った参謀長フレデリック・サリンジャー少将に、ソマーヴィルはかぶりを振って見せた。

幕僚たち全員に聞かせるように、あらたまった口調で言った。

「大英帝国の海軍提督としては、小林提督《アドミラル・コバヤシ》に感謝している。キング・ジョージ五世級同士が戦う機会をくれたことに」

言葉を交わしている間にも、彼我の距離は縮まっている。

「砲術より艦長。射撃指揮所でも確認しました。敵戦艦は『アンソン』と『ハウ』です。まるで鏡を見ているようです」

ロウが緊張した声で報告した。


加倉井は、敵の隊列に双眼鏡を向けた。

手持ちの双眼鏡では、艦形まではっきり分からないが、隊列の最後尾に位置する二隻が、他艦よりも大きいことは分かった。

「アンソン」と「ハウ」――キング・ジョージ五世級戦艦の四、五番艦だ。今は、ドイツの艦名が与えられているであろうが。

(奴ら、英国の最新鋭戦艦にどんな名を付けたのだろうか?)

そんな想念が浮かんだ。

「全艦に通達。敵戦艦との距離二万五〇〇〇ヤード(約二万二八五〇メートル)にて〇度に変針。砲撃を開始する。『プリンス・オブ・ウェールズ』『キング・ジョージ五世』『リナウン』目標、敵一番艦。敵艦隊が同航戦に移った場合には、『キング・ジョージ五世』『リナウン』は敵二番艦に目標を変更する。巡洋艦以下の各艦は、敵の近接攻撃に備えよ」

ソマーヴィルが、細かく指示を送った。

（距離を詰めての撃ち合いか）

加倉井は、ソマーヴィルの狙いを推測した。

キング・ジョージ五世級戦艦の三五・六センチ主砲は三万メートル以上の最大射程を持つが、遠距離からの砲戦では、命中率が大幅に低下する。

ソマーヴィルは距離を詰めることで、早期の決着を狙っているのだ。

「航海、敵との距離二万五〇〇〇にて〇度に変針」

「艦長より砲術。主砲右砲戦。目標、敵一番艦。砲戦距離二万五〇〇〇」

リーチ艦長が、二つの命令を下す。

その間にも、英艦隊は敵との距離を詰めてゆく。

「敵距離二万五〇〇〇！」

「取舵一杯。針路〇度！」

ロウの報告を受け、航海長ギルバート・ヘイズ中佐が操舵室に指示を送った。

直後、敵の艦上に発射炎が閃き、褐色の砲煙が湧き出した。


ドイツ艦隊は、一足先に発砲したのだ。

「プリンス・オブ・ウェールズ」の舵は、すぐには利かない。艦は依然《いぜん》、直進を続けている。

敵弾の飛翔音が聞こえ始めた。あたかも「プリンス・オブ・ウェールズ」が、自ら敵弾の真下に突っ込もうとしているように感じられた。

（当たる……？）

加倉井が背筋《せすじ》に冷たいものを感じたとき、轟音は頭上を通過し、艦の後方から弾着の水音が伝わった。

敵一番艦の第一射は、「プリンス・オブ・ウェールズ」の頭上を飛び越したのだ。

さほど間を置かずに、敵二番艦の射弾が迫る。

飛翔音が拡大したかと思うと、右舷側海面が大きく盛り上がり、天に届かんばかりの巨大な海水の柱が出現する。

爆圧が襲い、「プリンス・オブ・ウェールズ」の巨体は、僅かに左舷側へと仰け反る。

「水柱三本確認」

との報告が、後部指揮所より上げられる。

敵一、二番艦は、弾着修正用の交互撃ち方から砲撃を開始したのだ。

「プリンス・オブ・ウェールズ」の艦首が左に振られ、敵の艦影が右に流れた。

相対位置の変化に合わせて、主砲塔が右舷側に旋回する。

四連装の巨大な主砲塔が旋回する様は、それ自体が艦から独立して動いているように感じられた。

敵戦艦二隻の第二射弾が飛来する。

敵一番艦の射弾は右舷側に落下し、奔騰する水柱が、しばし右舷側の視界を遮った。

続けて飛来した敵二番艦の射弾は後方に落下し、弾着時の水音が届いた。

「目標、敵一番艦。交互撃ち方にて射撃開始します」

「プリンス・オブ・ウェールズ」が直進に戻るや、ロウが報告した。一拍置いて、艦の右舷側に巨大な火焔がほとばしった。

反動を受けた巨体が左へと傾ぎ、強烈な砲声が艦全体を包み込む。

（こいつがキング・ジョージ五世級の砲撃か）

主砲発射に伴う衝撃を全身で感じながら、加倉井は腹の底で呟いた。

連絡将校として、英本国艦隊司令部で勤務するようになってから長いが、「プリンス・オブ・ウェールズ」の主砲発射を実際に経験するのは初めてだ。

砲撃は、斉射ではない。各砲塔の奇数番砲五門を放っただけだ。

それでも、発射の反動だけで艦がばらばらになるのではないか、と思わされるほどの激しさだった。

「『キング・ジョージ五世』射撃開始」

「『リナウン』射撃開始」

後部指揮所から届いた報告に、砲声が重なる。

英本国艦隊の戦艦、巡戦三隻は、全艦が砲門を開いたことになる。

「プリンス・オブ・ウェールズ」の第一射が落下し

た。敵一番艦の面前に多数の水柱が奔騰し、しばし目標の姿を隠した。

ほとんど同時に、敵の第三射弾が落下する。

今度は、全弾が「プリンス・オブ・ウェールズ」の頭上を飛び越え、左舷側海面に落下する。

（やったか？　どうだ？）

加倉井は、敵艦を注視した。

水柱が崩れ、敵一番艦が姿を現した直後、また新たな水柱が噴き上がる。

「キング・ジョージ五世」の三五・六センチ砲弾五発、「リナウン」の三八・一センチ砲弾三発が、続けざまに落下したのだ。

敵戦艦二隻は、水柱に遮られて視認できない。ともすれば、轟沈したのではないかと錯覚《さっかく》するが、ほどなく水柱が崩れ、敵一、二番艦が姿を現す。

彼我共に、直撃弾は得られなかったのだ。

「プリンス・オブ・ウェールズ」の右舷側に第二射の発射炎がほとばしり、再び発射の反動が艦を揺るがした。

ほとんど間を置かずに、敵一、二番艦も第四射を放った。褐色の砲煙が、束の間煙幕のように艦の姿を隠すが、艦の航進に伴って後方へと流れた。

「プリンス・オブ・ウェールズ」の後方から、砲声が届く。「キング・ジョージ五世」「リナウン」の第二射だ。

英艦隊は三五・六センチ砲弾と三八・一センチ砲弾を合わせて一三発、ドイツ艦隊は前部の主砲のみだから、三五・六センチ砲弾六発。

合計一九発の巨弾が大気を轟々と震わせながら、遥かな高みで交錯《こうさく》し、各々の目標へと殺到する。

今度も、直撃はない。

互いに、巨弾を海面に投げ込み合っているだけだ。

「敵は、何故同航戦に移行しない？」

サリンジャーが疑問を提起した。

同じ疑問は、加倉井も抱いている。

現在、英艦隊は丁字《てい》を描いている状態だ。三隻の戦艦、巡戦は全主砲を使用できるのに対し、敵は前部二基ずつしか撃てない。

不利は分かっているはずだが、敵艦隊は変針しない。英艦隊に艦首を向け、まっすぐ突進して来る。

その疑問に答える声はなかった。

代わりに「プリンス・オブ・ウェールズ」が、通算三度目の射弾を放ち、強烈な反動が鋼鉄製の艦体を震わせた。


「まだだ、イギリス軍」

ドイツ北海艦隊司令官エルンスト・リンデマン少将は、敵の隊列を注視しながら呟いた。

リンデマンが直率する北海艦隊第一部隊は、イギリス艦隊の横合いから、最大戦速で突進している。

敵にT字を描かれ、使用可能な主砲の門数は一二対二六と、二倍以上の開きがある。

不利な状態だが、これは戦訓に基づいての行動だ。


敵戦艦一番艦の第三射に合わせて、「カイザー」「カイザーリン」は第五射を放った。

三五・六センチ砲前部六門のうち、奇数番の三門が咆哮し、鋼鉄製の巨体が震えた。主砲を前方に向けて撃っているためだろう、急制動をかけたような反動が襲って来る。

「砲術より艦橋。敵との距離、二万一〇〇〇（メートル）」

射撃指揮所から報告が上げられる。

「もう少しだ」

リンデマンは、ハンス・オスターマン参謀長、オイゲン・ジークムント「カイザー」艦長に頷いて見せた。

敵弾の飛翔音が迫る。

時間差を置いて放たれた、三五・六センチ砲弾一〇発、三八・一センチ砲弾三発が、大気を震わせているのだ。

弾着は、連続してやって来る。

敵一番艦の射弾が「カイザー」の頭上を飛び越え、後方に落下したかと思うと、二番艦の射弾は左舷側海面にまとまって着弾する。

最後に三番艦の三八・一センチ砲弾三発が、「カイザー」の正面から右舷前方にかけて、巨大な水柱を噴き上げる。

弾着の度、基準排水量四万一五〇トンの艦体が爆圧に突き上げられ、上下に揺れる。

敵艦三隻のうち二隻は、「カイザー」の姉妹艦だ。その主砲から放たれた巨弾が、イギリスで建造された艦を激しく揺り動かしている。

水柱が崩れ、視界が開ける。

弾着観測に当たっているアラドＡｒ１３４から、「第五射、全弾近」の報告が届く。

ドイツ側が放った六発も、空振りに終わったのだ。

敵艦三隻の艦上に第四射の発射炎が閃き、「カイザー」「カイザーリン」も第六射を放つ。

前方に向けて発射炎がほとばしる様は、伝説の龍が火焔を噴き出しているようだ。

「砲術より艦橋。敵距離二万を切りました！」

砲撃の余韻《よいん》が収まったところで、砲術長ヘルムート・リンデンバウム中佐が報告した。

「艦隊針路〇度！」

「面舵一杯。針路〇度！」

リンデマンは即座に下令し、ジークムントが航海長ハンス・レーマー中佐に命じた。

「面舵一杯。針路〇度！」

レーマーが操舵室に伝える。

艦は、すぐには回頭を始めない。最大戦速で直進を続けている。

敵弾が、唸りを上げて飛来した。

左右両舷に多数の水柱が奔騰すると同時に、艦の後部から衝撃が伝わった。

被弾を免れてきた「カイザー」だが、ここに来て一発を喰らったのだ。

敵弾は更に続けて飛来するが、新たな被弾はない。

ドイツ海軍 戦艦「カイザー」(元「アンソン」)

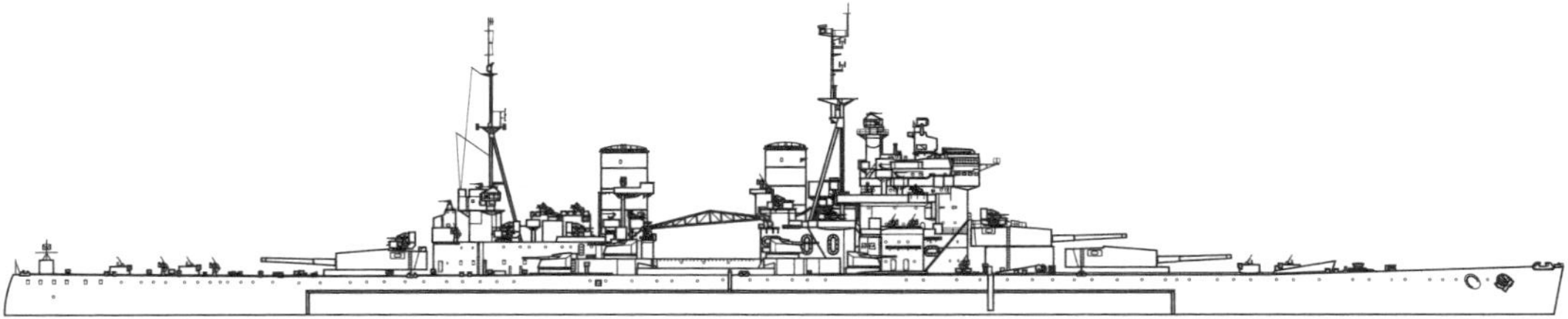

全長	227.1m
最大幅	31.2m
基準排水量	40,150トン
主機	ギヤードタービン 4基／4軸
出力	110,000馬力
速力	28.0ノット
兵装	35.6cm 40口径 4連装砲 2基 8門 35.6cm 40口径 連装砲 1基 2門 10.5cm 65口径 連装高角砲 8基 16門 37mm 連装機銃 2基 20mm 4連装機銃 10基
航空兵装	水上機 2機／射出機 1基
乗員数	1,556名
同型艦	カイザーリン(旧名／ハウ)

イギリス海軍が建造したキング・ジョージ五世級戦艦の四番艦。14インチ（35.6センチ）砲搭載艦で、列強の新型戦艦に比べ砲口径では一歩譲るものの、4連装砲塔2基、連装砲塔1基の計10門の火力は砲戦において強みを発揮すると思われる。また、特筆すべきは防御力で、主要部分の装甲厚は日本の長門型、米国のコロラド級を上回る。さらに新設計の機関により得られた最大出力は110,000馬力に達し、速力28ノットを実現した。これにより空母部隊との協同作戦も可能となった。

本艦と姉妹艦の「ハウ」は、英国の対独降伏により接収され、ただちにドイツ本国に回航、主砲以外の砲熕兵器および航空兵装や電波兵装をドイツ製のものに換装している。

「カイザー」の被弾は、一発に留まったのだ。

弾着の狂騒が収まったとき、「カイザー」は艦首を右に振った。正面に見える敵の隊列が流れ、左正横に移動した。

「『カイザーリン』面舵。本艦に後続します」

後部見張員から報告が上げられる。

巡洋艦、駆逐艦も、二隻の戦艦に合わせて回頭し、敵に左舷側を向ける。

回頭中に、新たな射弾が飛来した。

転回する「カイザー」を囲む形で水柱が奔騰し、金属的な打撃音が艦橋に伝わった。

至近弾の爆圧が、艦底部を突き上げる。あたかも「カイザー」を、上下から叩き潰そうとしているようだ。

直撃弾、至近弾とも、衝撃はこれまでより大きい。敵一番艦は、弾着観測用の交互撃ち方から斉射に移行したのだ。

「後甲板、及び左舷中央に被弾。左舷中央の直撃弾は貫通せず。戦闘、航行に支障なし！」

直進に戻ったところで、内務長のマンフレート・フィッシャー中佐が報告した。

「流石《さすが》は最新鋭戦艦！」

既に二発を被弾しているにも関わらず、リンデマンは小さく笑った。

キング・ジョージ五世級の主要防御区画に張り巡らされた分厚い装甲鈑は、自艦のものと同じ主砲弾を撥ね返したのだ。

「砲術より艦橋。敵距離一万九〇〇〇！」

「砲撃を再開せよ。斉射！」

リンデンバウム砲術長の報告を受け、ジークムントが下令した。距離が詰まったため、ジークムントは斉射への移行を決断したのだ。

既に左舷側に向けられていた主砲塔が、新たな咆哮を上げた。発射の瞬間、右向きの衝撃が襲いかかり、艦が僅かに右舷側へと傾いだ。

三五・六センチ主砲一〇門を、いちどきに放った反動だ。

リンデマンの以前の乗艦「ビスマルク」の斉射に比べても、劣らぬ砲声と衝撃だった。

ほとんど同時に、イギリス艦隊の三隻も射弾を放っている。

「カイザー」「カイザーリン」と同じ艦形を持つ戦艦二隻と、その後方に位置する巡洋戦艦の艦上に砲煙が湧き出し、艦の後方に流れ去る。

（『ビスマルク』で得た戦訓を活かす）

腹の底で、リンデマンは呟いた。

「ビスマルク」が「フッド」「プリンス・オブ・ウェールズ」と撃ち合ったときは、二万六〇〇〇メートルの距離で砲戦を開始したが、彼我共に、なかなか有効弾を得られなかった。

砲火を交わしている間に距離が詰まり、二万メートルを切ったところで、「フッド」轟沈の大戦果が上がったのだ。

「遠距離砲戦で直撃弾を得るのは至難《しなん》。主砲弾を必中させるには、被弾を恐れず、二万以下まで距離を詰める必要がある」

リンデマンはこの戦訓に基づき、T字を描かれる不利を承知の上で、イギリス艦隊の横合いから突撃したのだった。

「当たるか、どうだ？」

リンデマンは固唾《かたず》を呑んで、弾着の瞬間を待った。


「流石は、我が大英帝国の最新鋭戦艦だ」

ジェームズ・ソマーヴィル英本国艦隊司令長官の声を、加倉井憲吉日本海軍中佐ははっきり聞いた。

ソマーヴィルは、唇の左端を吊り上げている。

英国の造艦技術の高さは誇らしいが、そのような艦が敵に回ったのは、この上なく忌々しい。相反《あいはん》する感情が、同時に表出《ひょうしゅつ》しているようだった。

「プリンス・オブ・ウェールズ」以下三隻の射弾は、二隻の敵戦艦に向けて飛翔している。「プリンス・

オブ・ウェールズ」にとっては、斉射に移行してから二度目の砲撃だ。

敵弾も「プリンス・オブ・ウェールズ」に迫る。

同航戦に移行してからは、敵も斉射に移っている。

これまでは三発ずつだったが、今度は一〇発の三五・六センチ砲弾が、大気を震わせながら飛来する。

弾着は、ほとんど同時だった。

「プリンス・オブ・ウェールズ」の左右両舷に巨大な水柱が奔騰し、しばし海水の巨大な檻《おり》が艦を閉じ込めた。

艦の後部から炸裂音と被弾の衝撃が伝わり、爆圧が艦底部から艦橋までを突き上げた。

「……!」

艦橋内に、声にならない叫びが上がった。

これまで被弾を免れていた「プリンス・オブ・ウェールズ」だったが、敵が同航戦に移った途端《とたん》に直撃を受けたのだ。

「『キング・ジョージ五世』に至近弾!」

「『シーガル1』より報告。『敵一番艦に命中弾二』」

味方の状況報告と戦果報告が、前後して届く。

「よし！」

ソマーヴィルは、満足そうな声を上げた。

「プリンス・オブ・ウェールズ」は既に四発の命中弾を得ているが、被弾は一発だけだ。優位は我が方にある、と確信しているようだった。

「プリンス・オブ・ウェールズ」の主砲一〇門が第三斉射を放つ。僅かに遅れて「キング・ジョージ五世」「リナウン」の主砲が火を噴く。

敵戦艦二隻の艦上にも発射炎が閃き、砲煙が後方に流れる。

英独の巨弾が各々の目標に向かって、一万九〇〇〇メートルの距離を一飛《ひと》びする。

弾着と同時に、奔騰する水柱が「プリンス・オブ・ウェールズ」の視界を閉ざし、被弾の衝撃が伝わった。炸裂音と共に、金属的な破壊音が届いた。

今度の衝撃は、これまでよりも大きい。艦橋の近くに命中したのかもしれない。

「プリンス・オブ・ウェールズ」の射弾も、敵一番艦を捉えている。火災を起こさせたのか、艦の後方に黒煙がなびいている。

一番艦だけではない。敵二番艦の艦上にも、赤いものが見えている。

「『キング・ジョージ五世』より報告。『敵二番艦に命中弾二』。一発は〈リナウン〉の射弾と認む。次より斉射に移行す』」

「よし！」

通信参謀のマイケル・ノーランド中佐が、弾んだ声で報告し、ソマーヴィルが満足げに頷いた。

「プリンス・オブ・ウェールズ」と敵一番艦は一対一の撃ち合いだが、「キング・ジョージ五世」「リナウン」は二隻で敵二番艦に砲火を集中している。

三対二の戦力差が、物を言い始めているのだ。

「プリンス・オブ・ウェールズ」以下の三隻が斉射を放ち、敵戦艦二隻もまた、通算九度目の射弾を放った。爆風が火災煙を吹き払い、束の間敵艦の姿が露《あら》わになった。

「揚収機《ようしゅうき》、及び二番煙突に損傷！」

このときになり、先の被弾による被害状況報告が届いた。敵弾は、二本の煙突の間に命中したのだ。

（危なかったな）

加倉井は、腹中で呟いた。

被弾箇所がもう少し後ろにずれていたら、敵弾は煙路《えんろ》に突入したかもしれない。そうなれば、「プリンス・オブ・ウェールズ」は艦の心臓部である缶室に大打撃を受けていたところだ。

艦数では英艦隊が優勢だが、戦いの帰趨《きすう》は分からない。僅かな被弾箇所の違いが、明暗を分ける。

新たな敵弾の飛翔音が聞こえ始めた。

一発か二発は当たる。願わくば、艦の戦闘力や航行能力に支障のない場所に——そんなことを、加倉井は祈った。

被弾の衝撃はこれまで同様、後部から伝わった。

先に揚収機を損傷したときよりもけたたましい破壊音が届き、「プリンス・オブ・ウェールズ」は大きく身を震わせた。

(いかん!)

加倉井は、背筋が冷たくなるのを感じた。どこか重要な部位に被弾したと直感したのだ。

「『シーガル1』より報告。敵のB砲塔に命中!」

ノーランドが報告した。

束の間、艦橋は歓喜に包まれたが、

「砲術より艦橋。Y砲塔に被弾。火薬庫に注水します!」

ロウの報告に、一旦湧き起こりかけた歓喜が瞬時に消えた。

命中弾は互いに一発。共に、主砲塔一基を損傷したが、被害は「プリンス・オブ・ウェールズ」の方が大きい。

敵一番艦は主砲二門を失っただけだが、「プリンス・オブ・ウェールズ」は四門を失ったのだ。互角の戦いが、一転して不利に立たされた。

「プリンス・オブ・ウェールズ」は、残された二基の主砲塔で第五斉射を放った。砲声と発射時の反動は、これまでよりも小さいが、乗員の戦意はなお旺盛だ。

「敵二番艦の火災拡大!」

艦橋見張員が報告を上げる。

「キング・ジョージ五世」「リナウン」は、敵二番艦を圧倒しつつあるようだ。

ソマーヴィルも、本国艦隊の幕僚も、何も言わない。固唾を呑んで、弾着を待っている。

敵弾の飛翔音が頭上を圧した。

加倉井が大きく両目を見開いたとき、これまでで最も強烈な衝撃が襲い、艦橋が大地震のように揺れた。怒号や悲鳴が上がり、何人かが転倒した。

加倉井は辛うじて踏みとどまり、よろめいたソマーヴィルの身体を支えた。

「サンキュー、カクライ」

ソマーヴィルが礼を言ったとき、加倉井は艦橋の前に黒煙が立ち上っている様をはっきり見た。

「砲術より艦橋。A砲塔損傷！」

「なんという……！」

ロウの切迫した報告が飛び込み、サリンジャーが呻《うめ》き声を上げた。

「プリンス・オブ・ウェールズ」は、続けざまに門数の多い主砲塔二基を失った。キング・ジョージ五世級戦艦の変則的な主砲配置が仇《あだ》となったのだ。

「『シーガル1』より報告。敵一番艦に損傷なし」

ノーランドが凶報《きょうほう》を届ける。先の射弾は全て空振りに終わるか、主要防御区画の装甲鈑に撥ね返されたのかもしれない。

「砲戦を継続せよ」

ソマーヴィルは、断固たる声で命じた。

「プリンス・オブ・ウェールズ」の主砲は、まだ二門残っている。諦めるな。最後まで戦え――その意が、命令に込められていた。

「プリンス・オブ・ウェールズ」は、B砲塔で第六斉射を放った。二門だけでは「斉射」と呼ぶに値しないかもしれないが、使用可能な主砲全ての発射には間違いなかった。

ほとんど同時に、敵一番艦の艦上にも発射炎が閃いている。「プリンス・オブ・ウェールズ」の二門だけの砲撃を、嘲笑《あざわら》っているかに見えた。

加倉井は、ソマーヴィルとリーチの顔を見た。

二人とも、表情は平静だ。主砲が二門だけになっても逆転の機会はあると、本心から信じているのだろう。

敵弾の飛翔音が迫った。

今度は、艦尾から直撃弾の衝撃が襲いかかり、「プリンス・オブ・ウェールズ」は異様な振動に見舞われた。

推進軸を損傷したのか、艦に急制動がかかり、速力が急減した。

「敵一番艦、速力低下!」

「旗艦目標を二番艦に変更!」

見張員の報告が届くや、エルンスト・リンデマン北海艦隊司令官は、オイゲン・ジークムント「カイザー」艦長に命じた。

敵一番艦は、戦闘力をほぼ喪失したと言ってよい。主砲は二門にまで減少し、速力も急減している。

一番艦への攻撃は一旦打ち切り、敵二番艦を叩いて、後続する「カイザーリン」を援護すべきだ。

「目標、敵二番艦。準備出来次第、砲撃始め!」

ジークムントは、ヘルムート・リンデンバウム砲術長に命じた。

主砲塔が左に旋回し、新たな目標に狙いを定める。その砲口に発射炎が閃くより早く、敵弾が唸りを上げて飛来した。

リンデマンが両目を大きく見開いたとき、「カイザー」の左舷側海面に多数の水柱が噴き上がり、爆圧を受けた艦が右舷側に仰け反った。

水柱が崩れ、視界が開けるや、新たな敵弾が飛んで来る。

今度は全弾が右舷側海面に落下し、「カイザー」の巨体は左舷側に揺り戻された。

敵二、三番艦の砲撃だ。砲術教範《きょうはん》通り、弾着修正用の交互撃ち方を用いている。

状況の如何《いかん》に関わらず基本に忠実に、というのがイギリス艦隊の方針のようだ。

「後部見張りより艦橋。『カイザーリン』沈黙。行《い》き足《あし》が止まった模様!」

「『カイザーリン』がやられたか!」

リンデマンは唸り声を発した。

「カイザー」が敵一番艦と渡り合っている間に、「カイザーリン」は敵二、三番艦から集中砲火を浴びた。

二対一、しかも一隻は「カイザーリン」と全く同じ性能を持つ姉妹艦とあっては、さしものキング・ジョージ五世級戦艦も耐えられなかったようだ。

「目標、敵二番艦。砲撃始めます！」

リンデンバウム砲術長から報告があり、「カイザー」は敵二番艦に対する第一斉射を放った。

敵一番艦との撃ち合いでB砲塔を失い、主砲火力は五分の四に減じている。この状態で二隻を相手取るのは厳しいが、「カイザー」は既に姉妹艦一隻を大破の状態に追い込んだのだ。

「『皇帝《カイザー》』の名に相応しいのは、この艦ではない。イギリス製の戦艦を操り、姉妹艦に打ち勝った本艦の乗員だ。彼らの腕をもってすれば、必ず勝てる」

自身に言い聞かせるように、リンデマンは呟いた。

敵二番艦の第二射弾が飛来する。

周囲の大気が鳴動し、「カイザー」の左右両舷に弾着の水柱が奔騰すると共に、直撃弾炸裂の衝撃が、鋼鉄製の巨体を震わせる。

水柱が崩れるや、敵三番艦の射弾が落下する。

直撃弾の衝撃は、敵二番艦のそれより大きい。

「破壊力はキング・ジョージ五世級より上か」

リンデマンは呻いた。

敵三番艦はリナウン級巡洋戦艦。主砲は三八・一センチ連装砲三基六門だ。一発当たりの威力は、三五・六センチ砲弾を凌駕《りょうが》する。

「カイザーリン」も、この砲弾にやられたのか。

「敵二番艦に一発命中！」

射撃指揮所から、興奮した声で報告が届いた。

リンデマンは、敵二番艦に双眼鏡を向けた。

敵艦の艦尾から、黒煙がなびいている。

リンデンバウム砲術長と彼の部下たちは、敵二番艦に対し、砲術家の理想とも言うべき初弾命中を実現させたのだ。

「よくやった、艦長！」

「恐縮です」

ジークムントの返答は、新たな砲声にかき消された。「カイザー」の第二斉射だ。

敵二、三番艦も、新たな射弾を放っている。

発射炎はこれまでより大きく、噴出する砲煙も多い。敵二、三番艦は、斉射に移行したのだ。

「カイザー」が放った八発と敵艦二隻が放った一六発が空中ですれ違い、各々の目標へと殺到する。

敵二番艦の射弾が、先に落下した。

「カイザー」の左右両舷に多数の水柱が奔騰し、直撃弾の衝撃が、二度続けて襲った。至近弾の爆圧が、艦底部を激しく突き上げた。

動揺が収まらぬうちに、敵三番艦の三八・一センチ砲弾が飛んで来る。

被弾の衝撃は、これまでで一番強烈だった。

何かが叩き付けられたような一撃が艦橋を見舞い、リンデマン以下の全員がよろめき、あるいは転倒した。艦橋への直撃を喰らったか、と束の間錯覚したほどだった。

「内務長より艦長。後甲板、後部指揮所、一番煙突損傷！」

このときになって、フィッシャー内務長が被害状況を報告した。

「艦長より機関長、缶室に異常はないか？」

「缶室は健在ですが、若干の浸水あり！」

ジークムントの問いに、機関長フランク・ホルツ中佐が答えた。

「カイザー」は傷つきながらも、なお斉射を放つ。健在なA、C砲塔から八発の三五・六センチ砲弾を叩き出す。

敵二、三番艦も、依然変わることなく砲撃を続ける。射撃指揮所は「命中」を報告したが、敵二番艦の戦闘力は衰《おとろ》えを見せていない。

敵二番艦の第二斉射弾が「カイザー」を襲った。今度は、艦の左右両舷から後方にかけて敵弾が落下し、艦尾から衝撃が伝わった。

続いて、敵三番艦の三八・一センチ砲弾が「カイザー」を捉えた。

炸裂音と共に金属的な破壊音が伝わり、「カイザー」の巨体は痙攣《けいれん》するように震えた。

重大事が起きた——リンデマンに、そう悟らせるような衝撃だった。

「おや……？」

リンデマンは異変に気づいた。

「カイザー」が、左舷側に回頭を始めている。

「操舵室より航海長。舵故障。舵機《だき》室を損傷した模様！」

「砲術より艦長。Ｃ砲塔損傷！」

操舵長のエミール・コッホ大尉に続いて、リンデンバウムが報告した。

「……！」

リンデマンは、先の直感が正しかったことを悟った。

Ｃ砲塔の損傷以上に、舵をやられたのは致命的だ。

「カイザー」は、運動の自由を奪われたのだ。

しかも、敵の二隻は戦闘力を残している。

「砲撃を続けろ！」

リンデマンはジークムントに命じた。

出自がどうであれ、「カイザー」はドイツの旗を掲げたドイツ軍艦だ。座《ざ》して打ちのめされるなど、あってはならない。

「カイザー」は、残されたＡ砲塔で射弾を放った。

砲声はこれまでよりも小さいが、リンデマンの耳には、雄叫びのように聞こえた。

砲撃の余韻が消えたときには、敵弾の飛翔音が迫っている。

弾着と同時に、直撃弾炸裂の衝撃が艦上の複数箇所から伝わった。

外れ弾の水柱が崩れるや、敵三番艦の射弾が落下する。直撃弾の衝撃と炸裂音が連続する。

弾着時の狂騒が収まったとき、「カイザー」は左舷側に傾斜し、速力は大幅に低下していた。

「艦尾に被弾。一、二番推進軸損傷！」

「二番缶室に浸水。放棄します！」

「中央部に火災発生！」

艦内各部署から報告が届く。

「先の砲撃の結果はどうだ？」

リンデマンは、なお戦果にこだわった。

ドイツの軍艦たるもの、最後まで戦うべきだ。一方的に打ちのめされるなど、あってはならない。

「戦果なしです」

ジークムントはかぶりを振った。

舵が利かなくなり、同じ場所で旋回している中での砲撃だ。命中など、望めるものではなかった。

本来なら、ここで「総員退艦」を命じるべきだったろうが、リンデマンは躊躇った。

せめて最後の一発を、との気持ちがあった。

その思いに応えるかのように、「カイザー」のA砲塔が咆哮を上げた。

多数の三五・六センチ砲弾、三八・一センチ砲弾を喰らい、満身創痍《まんしんそうい》となった艦が、最後に上げた叫びのように感じられた。

「敵艦発砲！」

射撃指揮所から、新たな報告が入った。

(しくじったな)

リンデマンは、戦術の失敗を悟っている。

戦艦二隻の性能は、敵一、二番艦と同一であり、乗員の技量にも遜色《そんしょく》はなかった。

だが、敵三番艦の存在が、勝敗を決する鍵となった。

「カイザーリン」が一対二の砲戦に撃ち負け、「カイザー」もまた二隻を相手取ることで敗北したのだ。

敵三番艦はリナウン級の巡戦であり、防御力は弱い。最初に三番艦に砲火を集中し、葬り去っておけば、以後は二対二の戦いとなり、勝利は我がものとなったのではないか。

敵弾の飛翔音が、急速に拡大した。

リンデマンが顔を上げたとき、真っ赤に焼けた塊が全てのものを破壊しながら「カイザー」の艦橋に飛び込んだ。

意識が消失する寸前、リンデマンの脳裏に、炎に包まれたキング・ジョージ五世級戦艦二隻の姿が浮かんだ。

それが敵戦艦なのか、「カイザー」「カイザーリン」なのかは分からなかった。

このとき、英国本国艦隊旗艦「プリンス・オブ・ウェールズ」も死に瀕《ひん》していた。

推進軸を損傷し、隊列から落伍したところに、敵の水雷戦隊が肉薄雷撃をかけて来たのだ。

「プリンス・オブ・ウェールズ」の護衛に就いていた軽巡洋艦「ダイドー」「フィービ」と駆逐艦四隻は、一三・三センチ両用砲、一二センチ砲の猛射を浴びせ、三隻の敵駆逐艦を仕留めたが、雷撃の阻止はできず、四本の魚雷が「プリンス・オブ・ウェールズ」の右舷水線下に命中した。

ジョン・リーチ艦長は左舷側に注水を命じ、ダメージ・コントロールを担当する内務科の科員は隔壁《かくへき》の補強に努めたが、浸水は進む一方であり、傾斜を食い止めることもできなかった。

加倉井憲吉日本海軍中佐は、「ダイドー」の艦上から、死に向かわんとする「プリンス・オブ・ウェールズ」の姿を見つめている。

ジェームズ・ソマーヴィル司令長官は、旗艦が戦闘不能となった時点で、将旗を「ダイドー」に移すと決め、幕僚全員が移乗したのだ。

リーチ艦長からは、既に総員退去を命じた旨、報告が届いている。

英本国艦隊がリヴァプールを出港してから今日に至るまでの約二年半、終始英本国艦隊の旗艦であり続けた「プリンス・オブ・ウェールズ」は、祖国の近海で眠りに就こうとしていた。

「スカパ・フローに帰還させたかった」

フレデリック・サリンジャー参謀長が呻くように言った。

サリンジャーの専門は砲術であり、戦艦の艦長を務めた経験もある。それだけに、痛惜《つうせき》の思いを感じている様子だった。

「祖国解放のために戦い、祖国の近海で果てるのだ。艦も、満足しているだろう」

ソマーヴィルが言った。「プリンス・オブ・ウェールズ」の喪失を残念がるよりも、ある種の満足感を覚えているようだった。

このとき、加倉井の脳裏にあることが浮かんだ。

連合軍のもう一隻の旗艦「武蔵」が率いる遣欧艦隊本隊はどうなっているだろうか、と。

3

遣欧艦隊本隊は、英本国艦隊よりも早い段階で砲撃に踏み切っていた。

小林宗之助司令長官は、

「敵距離三〇〇《サンマルマル》（三万メートル）」

の報告が上げられたところで、

「艦隊針路〇度」

「主砲、右砲戦。『武蔵』目標一番艦。『大和』目標二番艦。直進に戻り次第、砲撃始め」

「五戦隊、二水戦は、敵巡洋艦、駆逐艦の攻撃に備えよ」

との命令を、矢継《やつ》ぎ早《ばや》に発したのだ。

「取舵一杯。針路〇度！」

「主砲、右砲戦。目標、敵一番艦。直進に戻り次第、砲撃始め！」

「武蔵」艦長朝倉豊次《あさくらぶんじ》少将が、航海長仮屋実《かりやみのる》中佐と砲術長越野公威《こしのきみたか》中佐に命じる。

「武蔵」は後方に姉妹艦「大和」を従え、しばしの間直進するが、やがて艦首を左に振り、針路を〇度に向ける。

敵艦隊に丁字を描いた、と思いきや、

「観測機より受信。敵艦隊、増速！」

蔵富一馬通信参謀が報告を上げた。

「敵は、丁字を描かれたまま向かって来るのか？」

「紅海海戦時の戦術です」

疑問を提起した高田利種首席参謀に、芦田優作戦参謀が答えた。

紅海海戦では、フランス製戦艦三隻が、丁字を描いている英国戦艦「デューク・オブ・ヨーク」に、真っ向から向かって来た。

フランス製戦艦は、全主砲を前部に集中配置していたため、丁字を描かれても斉射を放てるのだ。

英国製戦艦の「ネルソン」「ロドネイ」も、三連装三基の四〇センチ主砲を前部に集中配置しており、フランス製戦艦と同じ戦術が取れる。

「砲術より艦長。敵距離二八五《フタハチゴ》（二万八五〇〇メートル）。主砲射撃準備よし！」

「よし、砲撃始め！」

越野が報告し、朝倉が力強く下令した。

主砲発射を告げるブザーが鳴り響き、三度繰り返されたところで、「武蔵」の右舷側に巨大な火焔がほとばしった。

間近に落雷したような砲声が轟き、艦橋が震えたように感じられた。

各砲塔の一番砲による第一射だ。放たれたのは三門だけだが、発射に伴う反動と砲声は強烈だった。

僅かに遅れて、後方からも砲声が届き、

「『大和』撃ち方始めました」

と、後部見張員が報告を上げる。

二艦合計六発の四六センチ砲弾は、二万八五〇〇メートルの距離を一飛びし、目標に迫る。

「用意、だんちゃーく！」

ストップウォッチで時間を計測していた艦長付の下田孝《しもだたかし》上等水兵が叫ぶと同時に、敵一番艦の後方に、染料で着色された青い水柱が奔騰した。

「大和」の第一射弾は、敵二番艦の左舷側海面に赤い水柱を噴き上げる。

「武蔵」「大和」とも、第一射は空振りに終わったのだ。

「武蔵」が各砲塔の二番砲で第二射を放ち、「大和」も遅れてはならじと続く。再び強烈な砲声が轟き、発射の反動が艦橋を震わせる。

「武蔵」の射弾が落下した瞬間、奔騰する水柱が敵一番艦の姿を隠した。

「やったか⁉」

「轟沈か⁉」

という声が、幕僚たちの間から上がったが、間もなく水柱が崩れ、敵戦艦が姿を現す。

「大和」の第二射弾も、「武蔵」同様、空振りに終わる。

敵艦隊は、依然遣欧艦隊の横合いを突く形で突進して来る。

「武蔵」の右舷側に第三射の発射炎がほとばしり、砲声が轟く。後方から「大和」の砲声も伝わる。

結果は、第一射、第二射と同じだ。弾着修正用に放った二艦合計一八発の四六センチ砲弾は、全て海水を噴き上げただけに終わったのだ。

「敵との距離は？」

「二七〇《フタナナマル》（二万七〇〇〇メートル）！」

「しっかり狙え。腰を据えて撃て！」

報告を返した越野に、朝倉は激励口調で命じた。

「武蔵」「大和」は、第四射、第五射、第六射と砲撃を繰り返す。

依然、直撃弾は出ない。世界最強の破壊力を持つ四六センチ砲弾も、命中しなければどうにもならない。空しく海水を噴き上げるだけだ。

第六射弾が空振りに終わった直後、敵戦艦の艦上に発射炎が閃いた。
一、二番艦の炎は、特に大きい。二隻のネルソン級戦艦は、前部に集中配置した九門の四〇センチ主砲で、最初からの斉射に踏み切ったのだ。
やや遅れて、「武蔵」「大和」が第七射を放つ。これまでと変わらぬ交互撃ち方だ。

敵弾の飛翔音が聞こえ始める。重量一トンの巨弾九発が、大気をかき乱す音だ。途轍《とてつ》もなく、重くて巨大なものが迫る様を実感させる。

敵弾落下の水柱は、艦橋からは見えなかったが、後方から伝わって来た水音で、弾着位置が分かった。

九発の四〇センチ砲弾は、「武蔵」の後方にまとまって落下したのだ。

「右舷艦尾に至近弾一！」

「『大和』の後方にも水柱確認！」

後部見張員から報告が上げられたところで、敵三、四番艦の射弾が落下する。

弾着位置は、敵一、二番艦のそれより遠い。水柱は右舷側海面に奔騰するが、距離は一〇〇メートル以上離れている。

「武蔵」「大和」の第七射弾も落下する。

弾着位置は目標に近いように感じられるが、直撃はない。

「敵三、四番艦、面舵。同航戦に入る模様」

電測長の阿久津《あくつ》豊《ゆたか》大尉が報告した。

ドイツ艦隊の三、四番艦は、連装砲塔を前後に二基ずつ配置している。

同航戦に入ることで、後部の主砲塔を日本艦隊に向けるつもりなのだ。

「武蔵」「大和」には、一斉射毎に、四〇センチ砲弾九発、三八・一センチ砲弾八発、合計一七発ずつが降り注ぐことになる。

（まずい状況だな）

腹の底で、芦田は呟いた。

大和型戦艦は四六センチ砲弾に対する防御力を持つが、それは艦中央部の主要防御区画と主砲塔の正面防楯《ぼうじゅん》だけだ。

前部と後部の非装甲部、艦橋トップの射撃指揮所等、防御力が乏しい場所は少なくない。

多数の四〇センチ砲弾、三八・一センチ砲弾が命中すれば、沈まぬまでも戦闘力の喪失が起こり得る。

大丈夫だろうか――懸念を抱きつつ、芦田は砲戦を見守った。

「武蔵」「大和」が第八射を、敵艦四隻は第二斉射を、それぞれ発射する。砲撃の余韻が収まったところで、敵弾の飛翔音が聞こえ始める。

今度は、敵一、三番艦の全弾が「武蔵」の前方に落下し、見上げんばかりの巨大な海水の壁が正面に出現した。

「武蔵」は速力を緩めることなく、海水の壁に突っ込む。崩れる海水が滝のような音を立てて、「武蔵」の艦首甲板や砲塔天蓋の上から降り注ぐが、六万四〇〇〇トンの巨体は動じない。艦はさほど動揺することなく、航進を続けている。

「武蔵」が第九射を放ち、発射に伴う反動が艦橋を震わせた。

敵戦艦四隻の艦上にも発射炎が閃き、砲煙が湧き出す。

「武蔵」「大和」の四六センチ砲弾六発と、敵戦艦四隻の四〇センチ砲弾一八発、三八・一センチ砲弾一六発が空中で交錯し、各々の目標へと殺到する。

「武蔵」の射弾が、先に落下した。

弾着の瞬間、敵一番艦の左右両舷に水柱がそそり立ち、艦上に爆炎が湧き出した。

数秒後、敵二番艦の左舷側に二本の水柱が奔騰し、艦上に直撃弾の閃光が走った。

「砲術、よくやった！」

朝倉が射撃指揮所に賞賛の言葉を送ったとき、敵一、三番艦の射弾が落下した。

「武蔵」の左右両舷に多数の水柱が奔騰し、右舷側から二度、打撃音が伝わった。

（当たった！）

芦田は、そのことを悟った。

敵一番艦の第三斉射弾は「武蔵」を挟叉《きょうさ》し、二発が直撃したが、主要防御区画の分厚い装甲鈑は、貫通を許さなかったのだ。

水柱が崩れるや、敵三番艦の射弾が落下する。

こちらは、命中弾はない。全弾が「武蔵」の右舷側海面に落下し、水柱を噴き上げただけだ。

「砲術より艦長。次より斉射！」

「了解。一気に片《かた》を付けろ！」

越野の報告を受け、朝倉はけしかけるように命じた。

「『大和』は健在か？」

「後部見張り、『大和』の状況報せ」

小林の問いを受け、朝倉が後部指揮所に命じた。

報告が届くより早く、ブザーの音が鳴り響いた。

三度連続したところで、「武蔵」の右舷側にひときわ巨大な火焔がほとばしり、これまでよりも遥かに強烈な砲声が艦橋を満たした。

砲声と同時に、下腹を思い切り突き上げられるような衝撃が襲って来る。

昨年一〇月のシチリア沖海戦の際にも経験した、四六センチ主砲九門の斉射だ。何度経験しても、慣れるということはない。

第一斉射の余韻が収まったとき、後部見張員からの報告が届いた。

「『大和』被弾。火災が発生しています！」

一旦高揚《こうよう》しかかった艦橋内の空気が、しばし凍り付いた。

この時点では、「大和」の被害状況はまだ分からない。

軽微なものであればよいが、射撃指揮所や煙路といった重要な部位に被弾していたら——。

「『大和』より受信。『敵弾二発命中。高角砲、機銃に損傷あれど、戦闘・航行に支障なし』」

「そうか……！」

小林が、安堵したような声を吐き出した。

世界最強の戦艦に、万一のことがあれば——そんな不安に苛《さいな》まれていたのかもしれない。

「長官、間もなく弾着です」

朝倉が声をかけた。

幕僚たちの全員が、敵一、二番艦を注視した。


ドイツ北海艦隊の第二部隊を率いるエーリヒ・フェルステ少将は、旗艦「ザクセン」——旧名「ネルソン」と姉妹艦「バイエルン」——旧名「ロドネイ」を襲った惨状を見て、唖然《あぜん》としていた。

「ザクセン」は、艦橋のすぐ前から黒々とした火災煙を噴き上げている。

前部に集中配置された四〇センチ三連装砲塔のうち、最も艦橋に近いC砲塔が、ひん曲がった鉄屑《てつくず》と化している。

正面防楯は中央に大穴を穿たれ、二、三番砲は吹っ飛び、一番砲はほとんど垂直に近い角度に屹立《きつりつ》している。

主砲塔の天蓋は大きく引き裂かれ、その裂け目から、粉砕された砲塔内部の様子が見て取れる。

致命的な主砲弾火薬庫の誘爆こそ起こさなかったものの、C砲塔が使いものにならなくなったことは明らかだ。

敵戦艦の主砲弾は、四〇センチ砲弾の直撃に耐えられるはずの主砲塔の正面防楯を貫通し、砲塔一基を破壊して見せたのだ。

「バイエルン」は通信アンテナをやられたらしく、呼びかけても応答がない。

敵一、二番艦――二隻の大和《ヤマト》型戦艦は、「ザクセン」の主砲九門のうち、三分の一を奪い取り、「バイエルン」の通信能力を麻痺《まひ》させたのだ。

「砲撃を継続します！」

「うむ！」

艦長ウェルナー・クレーガー大佐の言葉を受け、フェルステは頷いた。

打撃は大きいが、まだ勝敗が決したわけではない。戦いはこれからだ。

「ザクセン」のA、B砲塔が轟然と咆哮し、六発の四〇センチ砲弾を叩き出す。

「ザクセン」の左方に占位する「バイエルン」も、健在な九門の四〇センチ主砲を発射する。

「ザールラント」と「ヘッセン」は、二隻の敵戦艦と同航戦の形を取り、一艦当たり八門の三八・一センチ主砲を撃ち続けている。

損傷を受けはしたものの、戦艦の数では、依然ドイツ側が優勢だ。四艦合計三一発の巨弾が、二隻の

ドイツ海軍 戦艦「ザクセン」(元「ネルソン」)

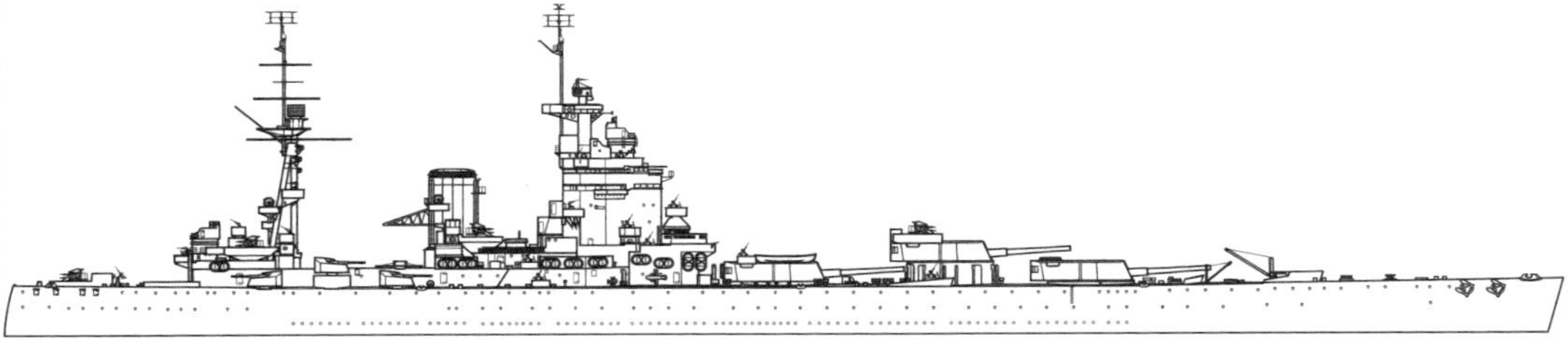

全長	216.4m
最大幅	32.3m
基準排水量	33,950トン
主機	ギヤードタービン 2基/2軸
出力	45,000馬力
速力	23.0ノット
兵装	40cm 45口径 3連装砲 3基 9門 10.5cm 65口径 連装高角砲 6基 12門 37mm 連装機銃 2基 20mm 4連装機銃 8基
航空兵装	水上機 2機/射出機 1基
乗員数	1,314名
同型艦	バイエルン(旧名/ロドネイ)

イギリス海軍が建造したネルソン級戦艦の一番艦。ワシントン海軍軍縮条約により基準排水量が35,000トンに制限されるなか、火力を最重視した設計で、艦の前半部に3連装砲塔3基を集中配置した特異な艦型となった。また、火力相応の防御力を確保し、機関への重量配分を後回しにしたことで速力は23ノットに留まった。

本艦と姉妹艦の「ロドネイ」は、英国の対独降伏により接収され、ただちにドイツ本国に回航、主砲以外の砲熕兵器および航空兵装や電波兵装をドイツ製のものに換装している。

今次大戦においては、戦艦にも空母に随伴できるだけの高速力が求められている。そのため、本艦の速度性能に疑問をもつ声も聞かれるが、40センチ砲9門の大火力はドイツ海軍においても貴重なものであり、今後も様々な戦場で活用されると思われる。

敵戦艦に殺到する。

入れ替わるようにして、敵弾の飛翔音が届いた。

これまでよりも、遥かに大きい。敵は交互撃ち方から斉射に切り替えたのだ。

弾着の瞬間、「ザクセン」はこれまでにない衝撃に見舞われた。

左右両舷に多数の水柱が屹立し、真下から突き上げる爆圧が、基準排水量三万三九五〇トンの艦体を上下に激しく揺り動かす。

直撃弾の衝撃は、艦首から艦尾までを刺し貫く。

「艦首に被弾。前甲板、兵員居住区損傷！」

「『バイエルン』が……！」

自艦の被害状況報告に続いて、誰かの悲鳴じみた叫びがフェルステの耳に飛び込んだ。

フェルステは左舷側に顔を向け、息を呑んだ。

「バイエルン」が、首を刎《は》ねられたようになっている。

艦橋の上半分が大きくひしゃげ、高さが半分以下に減じている。

敵戦艦の主砲弾は、「バイエルン」の艦橋を直撃し、文字通り叩き潰したのだ。

（大海艦隊の戦闘詳報通りだった）

シチリア島沖で日本艦隊と戦ったドイツ大海艦隊の報告を、フェルステは思い返した。

旗艦「ビスマルク」の戦闘詳報は、ヤマト型戦艦について、「同艦の主砲口径は、四〇センチを超えるものと推測される」と伝えていたのだ。

今、フェルステは、その推測通りだったと確信している。

「ザクセン」のC砲塔をぶち抜いた装甲貫徹力といい、至近弾の爆圧といい、四〇センチ砲弾ではできない芸当だ。

自分たちは、四〇センチを超える主砲を装備する戦艦を相手取っているのだ。

「斉射の結果はどうだ？」

「目標の後部に命中！」

「『バイエルン』の砲撃は？」

「艦橋付近に命中したようです」

フェルステの問いに、クレーガーは答えた。

フェルステは、敵艦に双眼鏡を向けた。

クレーガーが答えた通りだ。

敵一番艦は艦尾付近から、敵二番艦は艦橋の下部から、それぞれ黒煙をなびかせている。

「うまいぞ」

フェルステはほくそ笑んだ。

艦尾には舵機室、推進軸等、艦の運動を司《つかさど》る装備が集中している。艦尾に命中したのであれば、操舵不能もしくは速度低下に陥れる効果が期待できる。

敵二番艦の被害状況は不明だが、命中箇所は第二砲塔に近い。誘爆は望めぬまでも、主砲塔一基を使用不能に陥れたのではないか。

フェルステの目を、敵戦艦二隻の発射炎が射た。

爆風が火災煙を吹き飛ばし、艦の姿が露わとなった。

「距離を詰めろ。砲撃を続けろ！」

フェルステは叫んだ。

艦橋を失った「バイエルン」は、主砲の射撃管制が不可能になっているが、「ザクセン」はまだ戦闘力を残している。

距離を詰め、主砲弾の命中率と装甲貫徹力を少しでも高めるのだ。

（あの二隻は、我がドイツ海軍に、いや祖国ドイツに災厄をもたらす）

そのことを、フェルステは確信している。

二隻は無理でも、せめて一隻はこの場で葬らねばならない。相打ちになっても、撃沈するのだ。

だが――。

「艦長、どうした⁉」

異変に気づき、フェルステはクレーガーに怒鳴《どな》った。

「ザクセン」の速力が、大幅に落ちている。

この直前まで、二三ノットの最大戦速で突進していた艦が、その半分の速力も出していない。

「艦首より浸水です。先の被弾による被害が、艦底部にまで達していました」

クレーガーが青ざめた顔を向けて答えたとき、

「『バイエルン』突撃します!」

艦橋見張員が報告した。

フェルステは、左舷側に顔を向けた。

「ザクセン」と並進していた「バイエルン」が、最大戦速で敵に向かっている。

突撃しながら、五回目の斉射を放っている。

大仰角をかけた四〇センチ主砲九門の砲口から火焔がほとばしり、巨大な砲声が「ザクセン」の艦上に伝わる。

発射の時機は、各砲塔ばらばらだ。

「無茶だ……!」

フェルステは呻き声を漏らした。

「バイエルン」がやろうとしていることは分かっている。

先の被弾によって、艦橋トップの射撃指揮所を失ったため、砲塔測距儀による個別照準射撃で戦闘を継続しようとしているのだ。

だが、砲塔毎《ごと》の各個照準は射撃指揮所による統制射撃に比べ、命中率が遥かに劣る。

「『バイエルン』に信号を――」

フェルステが命じようとしたとき、敵一、二番艦の第二斉射弾が飛来した。

「ザクセン」の前方に多数の水柱が奔騰し、白い海水の壁を作る。

弾着位置は遠く、爆圧は感じない。

敵一番艦は、「ザクセン」の速力低下を計算に入れずに二度目の斉射を放ったため、全弾が艦の前方に落下したのだ。

「『バイエルン』に弾着!」

艦橋見張員が絶叫した。

左舷前方に多数の水柱が奔騰し、「バイエルン」の姿を隠している。敵二番艦の射弾が「バイエルン」を捉えたのだ。

水柱が崩れ、「バイエルン」が姿を現す。艦の中央部から黒煙が噴出し、後方になびいている。敵弾は、C砲塔に命中したようだ。

機関部には損傷がないらしく、「バイエルン」はなお突進を続ける。

健在なA砲塔、B砲塔が発射炎を閃かせる。

艦橋とC砲塔を破壊され、艦長以下の先任将校を多数失いながらも、「バイエルン」の乗員は戦意を失っていない。

「『バイエルン』に負けるな。撃て！」

「砲術、射撃を再開しろ！」

フェルステの命令を受け、クレーガーが射撃指揮所に命じた。

「ザクセン」の前甲板にも発射炎が閃き、巨大な砲声が轟いた。健在なA、B砲塔が、六発の四〇センチ砲弾を放ったのだ。

艦首から浸水し、縦傾斜《トリム》が狂っている現在、どこまで有効かは分からない。発射の反動が浸水を拡大させ、艦の最期《さいご》を早めるかもしれない。

それでも、砲撃を続けずにはいられなかった。

斉射と入れ替わりに、新たな敵弾が飛来した。

弾着の瞬間、艦首から強烈な衝撃が伝わった。目に見えない巨大なハンマーが、艦首に振り下ろされたかのようだった。

艦全体が大きく前にのめり、フェルステは艦が逆立ちになったような錯覚を覚えた。このまま、海中に引きずり込まれるのでは、との恐怖に囚《とら》われた。

被弾の衝撃が収まったとき、フェルステは艦首甲板に新たな破孔が穿たれ、黒煙が噴出する様を見た。

被弾箇所はA砲塔に近い。主砲弾火薬庫が誘爆を起こさなかったのが、奇跡に思えるほどだ。

「砲術より艦長。A砲塔の火薬庫、温度上昇。注水します！」

砲術長ヨーゼフ・コンラート中佐が報告を上げた。

C砲塔に続いて、A砲塔も使用不能となった。使用可能な主砲は、B砲塔のみだ。

「先の砲撃はどうだ？」

　フェルステは、敵一、二番艦を注視した。今は自艦の被害よりも、戦果が重要だった。

　敵一番艦の手前に、水柱が奔騰する。弾着位置が大きく外れていることは、報告を受けずとも分かる。

　敵二番艦への砲撃も同様だ。「バイエルン」の射弾は広範囲に散らばっているが、水柱は全て見当外れの海面に噴き上がっている。

「ザクセン」「バイエルン」の砲撃は、空振りに終わったのだ。

　フェルステは、「バイエルン」に双眼鏡を向けた。この直前まで、最大戦速で突進していた「バイエルン」が、「ザクセン」同様、速力を大幅に低下させている様が見えた。

　艦尾から大量の黒煙が噴出し、海上にわだかまっている。

　敵二番艦の射弾は後部に命中し、機関部を損傷させたのかもしれない。

　満身創痍となりながらも、「ザクセン」「バイエルン」は新たな砲声を轟かせ、四〇センチ砲弾を二隻の敵戦艦に放った。

　おそらく無効であろう、との予想はつく。命中する可能性は、一パーセントもないかもしれない。

　それでも砲が健在である限りは、戦わねばならなかった。

　敵戦艦の射弾が、轟音と共に飛来した。

　敵弾の飛翔音が頭上を通過した、と思った直後、後部から衝撃が襲い、「ザクセン」の巨体は激しく震えた。艦全体が金属的な叫喚《きょうかん》を発し、先の一撃とは逆に艦尾が沈み込んだ。

　衝撃が収まったとき、「ザクセン」は左舷側に艦首を振り始めていた。

　先の一撃が舵機室か左舷側の推進軸を破壊したのではないか、とフェルステは直感した。

「砲術より艦橋。Ｂ砲塔、旋回不能。電路を切断された模様！」

「ここまでです」

　コンラート砲術長が報告し、クレーガーが沈痛な声で言った。

「ザクセン」は、戦闘力を喪失したのだ。

「『バイエルン』、行き足止まりました！」

　クレーガーに続いて、艦橋見張員が僚艦の状況を報せた。

　フェルステは、左舷側に双眼鏡を向けた。

「バイエルン」は、完全に動きを止めている。艦尾付近から黒煙と共に、水蒸気が噴出している。

「バイエルン」を襲った敵弾は、機関部に更なる打撃を与えたようだ。この一撃が、止《とど》めになったことは間違いなかった。

　フェルステは、敵一、二番艦を注視した。最後の砲撃の成果を、せめて確認したかった。

「駄目か……！」

　フェルステは肩を落とした。

　敵一、二番艦とも、先に発生した火災を消し止めたらしく、黒煙の噴出は見られない。新たな損害を受けたようにも見えない。

「ザクセン」「バイエルン」が最後の望みをかけて放った射弾は、無効に終わったのだ。

「魔王《エルケーニッヒ》だ。紛れもない魔王《エルケーニッヒ》だ」

　大海艦隊のギュンター・リュッチェンス提督が、ヤマト型をそのように呼んでいたことを、フェルステは知っている。

　その強敵に対抗するため、艦の前部に集中配置された主砲九門を活かし、最初からの斉射という策を用いた。

　だがヤマト型は、そのような小細工《こざいく》が通用する相手ではなかったのだ。

「神よ、何と恐るべき存在をこの海に……」

　フェルステが天を仰《あお》いで呟いたとき、前方の海面に新たな発射炎が閃いた。

「ザクセン」「バイエルン」に対する、敵一、二番艦の最後の斉射だった。

「『武蔵』目標三番艦。『大和』目標四番艦！」

遣欧艦隊旗艦「武蔵」の艦橋に、小林宗之助司令長官の力強い命令が響いた。

「目標、敵三番艦。交互撃ち方。準備出来次第、砲撃始め」

「目標、敵三番艦。交互撃ち方。準備出来次第、砲撃始めます」

朝倉豊次「武蔵」艦長が射撃指揮所に下令し、越野公威砲術長が復唱を返した。

右舷側海面では、この直前まで「武蔵」「大和」が相手取っていたネルソン級戦艦二隻が沈みかかっている。

両艦は最大戦速で突進しつつ、前部に集中配置した四〇センチ主砲九門の連続斉射を「武蔵」「大和」に浴びせたが、大和型戦艦の四六センチ主砲が戦いを制した。

敵一番艦は艦首から、二番艦は艦尾から、それぞれ海中に引き込まれつつある。

艦上に炎と黒煙が跳梁《ちょうりょう》する様は、八大地獄の一つとされる焦熱《しょうねつ》地獄さながらだ。

（大和型の主砲弾は、ここまで凄まじい破壊をもたらすものか）

芦田優作戦参謀は「武蔵」「大和」の主砲弾の威力を、改めて認識している。

ネルソン級は、かつては「世界のビッグ・セブン」を謳われた艦であり、「長門《ながと》」「陸奥《むつ》」のライバルと考えられていた。

「武蔵」「大和」の四六センチ砲弾は、その艦を五回の斉射で撃沈したのだ。

この両艦が、帝国海軍の艦でよかった――そんなことを思わずにはいられなかった。

残った二隻の敵戦艦は、「武蔵」「大和」に、繰り返し射弾を浴びせている。

「武蔵」にも「大和」にも、三八・一センチ砲弾が何発か命中したが、艦中央部の主要防御区画や主砲塔の正面防楯は貫通を許していない。

「主砲、射撃準備よし。砲撃始めます」

越野が報告し、主砲発射を告げるブザーが鳴り響いた。

各砲塔の一番砲が火を噴き、轟然たる砲声が甲板上を駆け抜けた。

この直前まで、斉射の砲声を繰り返し聞かされ、発射に伴う強烈な反動を受け続けただけに、交互撃ち方のそれは、さほどでもないように感じられた。

「用意、だんちゃーく！」

下田孝上水が叫び、敵三番艦の手前に、青の染料で着色された水柱が奔騰する。

続けて、「大和」の射弾が敵艦を飛び越え、右舷側海面に、赤の染料で着色された水柱を噴き上げる。

二隻のネルソン級を屠った両艦だが、新目標への初弾命中は難しいようだ。

敵三、四番艦の斉射弾が、唸りを上げて飛来する。

「武蔵」の周囲に水柱が噴き上がり、右舷側から金属的な打撃音が響く。主要防御区画の装甲鈑が、敵弾を撥ね返した音だ。

「武蔵」「大和」が第二射を放つ。各砲塔の二番砲が、巨大な砲声を轟かせる。

「電測より艦橋。敵三、四番艦、面舵！」

砲撃の余韻が収まったとき、阿久津豊電測長が報告した。

「長官、敵は逃げるつもりです！」

高田利種首席参謀が叫んだ。

敵三、四番艦は、ロイヤル・ソヴェリン級かクイーン・エリザベス級と推定される。戦闘力はネルソン級より劣る。

「武蔵」「大和」には勝てないと、敵の指揮官は判断したのかもしれない。

「勝敗は既に決しています。見逃しますか？」

「情け無用。砲撃続行！」

青木泰二郎参謀長の問いに、小林は断固たる声で下令した。

「武蔵」「大和」の第二射弾が落下し、青と赤の水柱を噴き上げる。今度も命中弾はない。

「観測機より受信。敵針路七五度」

「艦隊針路七五度！」

蔵富一馬通信参謀の報告を受け、小林が下令した。

「面舵一杯。針路七五度」

「面舵一杯。針路七五度。宜候！」

朝倉の命令に、仮屋実航海長が復唱を返し、操舵室に指示を送った。

敵戦艦は、なおも三八・一センチ砲を撃ち続ける。

後部の主砲塔のみで砲撃を行っているのだろう、いちどきに飛んで来る敵弾は四発だけだ。

直撃弾はない。「武蔵」の右舷側海面に、水柱を上げるだけに留まっている。

「二水戦、七五度に変針。続いて五戦隊変針」

電測室から報告が上げられる。

「武蔵」の舵が利き始めた。艦首が大きく右に振られ、敵に艦首を向けた。

「『大和』面舵。本艦に後続します」

後部見張員が、僚艦の動きを報告する。

「最大戦速！」

「艦長より機関長。両舷前進全速！」

小林の指示を受け、朝倉が機関長坂合《さかごう》武《たけし》中佐に下令した。

機関の唸りが高まり、「武蔵」の巨体が加速される。全長二六三メートル、全幅三九メートルの艦体が海面を断ち割り、敵戦艦の後方から突進する。

第一、第二砲塔の太い砲身が俯仰《ふぎょう》し、敵戦艦に狙いを定める。

各砲塔の三番砲二門が火を噴き、巨大な砲声がこだまする。

僅かに遅れて、巨弾の飛翔音が「武蔵」の頭上を通過する。後続する「大和」の砲撃だ。

時間差を置いて放たれた四発の四六センチ砲弾が、敵戦艦に追いすがる。

「用意、だんちゃーく！」

の声と共に、敵一番艦の前方に青い水柱が奔騰する。

「大和」の射弾も、敵二番艦の前方に落下する様が観測される。

「武蔵」が第四射を放ったとき、海上に黒煙が湧き出し、敵一、二番艦の姿を隠した。

「砲術より艦長。敵駆逐艦、煙幕展張！」

「砲撃待て」

越野の報告を受け、朝倉が命じた。

「武蔵」の前方では、第五戦隊の妙高型重巡四隻が砲撃を開始している。

前方に指向可能な第一、第二砲塔を放ち、一艦当たり四発、四艦合計一六発の二〇・三センチ砲弾を、敵駆逐艦に浴びせる。

煙幕を展張している敵駆逐艦の周囲に、弾着の水柱が次々と噴き上がる。

敵巡洋艦の艦上に発射炎が閃き、妙高型重巡の周囲に弾着の飛沫が上がる。

煙幕展張中の駆逐艦に対する援護射撃だ。

二水戦の駆逐艦も、一二・七センチ主砲の砲門を開いた。各艦が四秒から五秒置きに砲声を轟かせ、一二・七センチの小口径砲弾を浴びせた。

敵駆逐艦一隻の艦上に爆炎が躍り、みるみる速力が衰え始めた。

続いて二隻の駆逐艦が閃光を発し、無数の破片と化して砕け散った。二〇・三センチ砲弾か一二・七センチ砲弾が魚雷発射管に命中し、誘爆を起こさせたのだ。

日本側にも、被弾する艦が出る。

二水戦の二番艦――「黒潮《くろしお》」の艦上に爆炎が躍り、三番艦「夏潮《なつしお》」も火を噴いてよろめく。

報復のように、更なる猛射が浴びせられ、敵巡洋艦一隻、駆逐艦二隻が炎上する。

敵は、煙幕の展張を止めない。

二〇・三センチ砲弾を撃ち込まれようと、多数の一二・七センチ砲弾を浴びようと、煙幕を張り巡らし、戦艦二隻を逃がそうと試みる。

「一戦隊目標、煙幕展張中の敵駆逐艦!」

「駆逐艦を撃つのですか?」

小林の新たな命令に、朝倉が目を剝いた。

駆逐艦に大和型戦艦の主砲を撃つなど、砲弾の無駄遣いだ。そんな思いがはっきりと見て取れた。

「その通りだ。一斉撃ち方で臨め」

有無を言わさぬ口調で、小林は命じた。

「艦長より砲術。目標、煙幕展張中の敵駆逐艦。一斉撃ち方!」

「目標、煙幕展張中の敵駆逐艦。一斉撃ち方。宜候!」

朝倉の命令に復唱が返され、主砲発射を告げるブザーが鳴り響く。

第一、第二砲塔六門の四六センチ主砲が咆哮を上げ、急制動をかけるような衝撃が「武蔵」の艦体を震わせる。

僅かに遅れて、「大和」の砲声が届く。

二艦合計一二発の四六センチ砲弾が、五戦隊、二水戦の重巡、駆逐艦の頭上を飛び越し、敵駆逐艦に殺到する。

弾着の寸前、煙幕が吹き払われ、敵戦艦の姿が露わになった。

次の瞬間、青と赤で着色された水柱が空中高く奔騰し、敵駆逐艦の姿を隠した。

水柱が崩れ、敵駆逐艦が姿を現す。

直撃弾はない。大和型戦艦の主砲弾が巡洋艦、駆逐艦に命中すれば、消し飛ぶと思われるが、その名残《なごり》は見当たらない。

ただ、四六センチ砲弾一二発の落下は、中小型艦の乗員にとり、相当な恐怖を与えたであろうことは、想像がついた。

「武蔵」「大和」は第二射を放った。

再び巨大な砲声と共に、一二発の四六センチ砲弾が唸りを上げて飛び、敵巡洋艦、駆逐艦の隊列の中に、摩天楼《まてんろう》ほどもある水柱を噴き上げた。

「電測より艦橋。敵中小型艦、九〇度に変針。増速します！」

阿久津電測長の報告が届くや、小林は、してやったり、と言いたげな笑みを浮かべた。

「狙いは威嚇《いかく》ですか？」

「その通り」

青木参謀長の問いに、小林は頷いた。

小林が、敵巡洋艦、駆逐艦に、敢えて四六センチ砲弾を用いるよう命じたのは、敵を脅《おど》して追い払うことが目的だったのだ。

敵の動きから判断して、狙いは図に当たったと思われた。

(敵の立場にはなりたくないものだ)

芦田は、腹の底で呟いた。

基準排水量が二〇〇〇トンそこそこの駆逐艦が、四六センチ砲弾を撃ち込まれたときの衝撃は想像を絶する。

艦体は、嵐に巻き込まれた小舟のように揺れたはずだ。

砲撃二回、合計二四発の四六センチ砲弾は、敵の艦長や駆逐隊司令の勇気を、根こそぎ吹き飛ばしてしまったに違いない。

煙幕が消え、二隻の敵戦艦が姿を現す
遣欧艦隊に艦尾を向け、懸命の遁走を図っているが、距離はこれまでよりも縮まっている。

「敵三、四番艦への砲撃再開！」

「目標、敵三番艦。砲撃始め！」

小林の命令を受け、朝倉が越野に命じた。

「目標、敵三番艦。砲撃始めます！」

越野が応答を返した。心なしか、先に巡洋艦、駆逐艦への砲撃を命じられたときに比べ、生き生きしているように感じられた。

「武蔵」の艦上に火焔が湧き出し、砲声が艦上を駆け抜ける。

火を噴いたのは、各砲塔の一番砲だ。越野は砲撃の基本に立ち返り、弾着観測用の交互撃ち方に戻したらしい。

後方からも砲声が届き、「武蔵」の頭上を巨弾の飛翔音が通過する。

「だんちゃーく!」

の報告と同時に、敵三番艦の左右両舷付近に、青く着色された水柱が奔騰した。

数秒遅れて、敵四番艦の左右にも、真紅《しんく》の水柱が噴き上がった。

「武蔵」「大和」は、敵三、四番艦に挟叉弾を得たのだ。

「一斉撃ち方!」

「一斉撃ち方、宜候!」

朝倉の指示に、越野が復唱を返す。

第一、第二砲塔六門の砲撃だ。既に目標を挟叉している以上、次は確実に命中する。

相手は、三八・一センチ砲装備の旧式戦艦だ。防御力は、先に仕留めたネルソン級より劣る。

二隻の英国製戦艦が、四六センチ砲弾に打ち砕かれることを、誰しもが疑っていなかったが――。

「敵艦隊より入電。『我、降伏す』!」

誰も予想していなかった報告が、蔵富通信参謀から上げられた。

小林が命じるより早く、「武蔵」の主砲六門は射弾を放った。

艦の前方に向けて炎を吹き付けるように、巨大な発射炎がほとばしり、発射の反動が艦首から艦尾までを震わせた。

僅かに遅れて「大和」の砲声が届く。

四六センチ砲弾六発の飛翔音が「武蔵」の頭上を通過し、敵四番艦に殺到する。

青と赤の水柱が、敵艦の向こう側に奔騰する様が見えた。「武蔵」「大和」の射弾は、敵戦艦の頭上を飛び越え、前方の海面に落下したのだ。

「観測機より受信。敵三、四番艦、行き足止まりました」

「一戦隊、撃ち方待て！」

蔵富の報告を受け、小林が下令した。

「艦長より砲術、敵艦の檣頭を確認せよ」

朝倉が、越野に新たな指示を送った。

敵戦艦二隻は砲撃を中止し、その場に停止した。

軍艦旗が降ろされれば、降伏は本物だ。

越野から、興奮した声で報告が上げられた。

「敵三、四番艦の軍艦旗降旗を確認。敵は降伏したと認められます！」

4

「『大和』『武蔵』といえども、無傷では済まなかったか」

加倉井憲吉中佐は、英国軽巡「ダイドー」の艦橋で、近づいて来る遣欧艦隊本隊を見ながら呟いた。

英本国艦隊も、遣欧艦隊も、敵のA、B両部隊に勝利を収めた。

遣欧艦隊は、数に優る敵を向こうに回しての戦いだったが、戦艦二隻を撃沈、戦艦二隻を降伏に追い込んだ他、巡洋艦一隻、駆逐艦五隻を撃沈破した。

「大和」「武蔵」とも、被弾の跡が目立つ。

艦橋や三基の主砲塔は健在であり、機関も全力発揮が可能との情報が届いているが、副砲、高角砲、飛行甲板等を損傷したのだ。

遣欧艦隊司令部は「大和」「武蔵」の性能を信じ、敢えて戦艦四隻を含む敵B部隊を引き受けたのだろうが、損害は小さなものではなかった。

「『ネルソン』『ロドネイ』は撃沈、『レゾリューション』『ラミリーズ』は降伏か」

フレデリック・サリンジャー参謀長が、近づいて来る遣欧艦隊を見つめながら言った。

「レゾリューション」「ラミリーズ」は降伏した二隻の英国製戦艦の名だ。ドイツ軍では「ザールラント」「ヘッセン」と名付けていたことが、既に判明している。

二隻とも、投降時に自沈の処置がされていたため、遣欧艦隊では乗員のみを味方の駆逐艦に移乗させ、捕虜にしたとの報告が届いていた。

「ドイツ軍に接収されたとはいえ、四隻とも大英帝国海軍の戦艦だ。それが失われたとなると、手放《てばな》しでは喜べぬ」

「はあ……」

と、加倉井は応えた。

サリンジャーの気持ちは分からぬでもない。

日本が、長年「長門」「陸奥」を誇りとして来たように、英国も最強の戦艦である「ネルソン」「ロドネイ」を誇りにしていたはずだ。

一番艦の艦名に、英国海軍最大の英雄として歴史に名を残すホレイショ・ネルソン提督の名を冠したことからも、両艦に対する思い入れの深さが分かる。

「レゾリューション」「ラミリーズ」は旧式艦だが、英国民に長く親しまれた艦だ。

それらが失われたとなると、平静ではいられないであろう。

「旧式化が進んでいたからな、あの四隻は。新世代の艦に敗北したのも、無理からぬ話だ。『ネルソン』以下の四隻と『ヤマト』『ムサシ』の戦いは、一種の世代交代だったと私は考えている」

ジェームズ・ソマーヴィル司令長官が言った。

「最大の痛恨事は、『アンソン』『ハウ』を我々自身の手で屠ったことだ。そのために『プリンス・オブ・ウェールズ』まで犠牲にして。本国艦隊の指揮を委ねられた立場としては、我が身を切られるように辛かった」

そう言って、ソマーヴィルは肩を落とした。

(お察しします)

腹の底で、加倉井は呟いた。

「どこで作られたものであれ、我が艦隊に向かって来る以上は敵だ」

英本土奪回作戦が始まってから間もない頃、ソマーヴィルはそのように語っていた。

英本国艦隊は全力で戦い、ドイツ国旗を掲げたキング・ジョージ五世級戦艦二隻を沈めた。

それでも、戦闘が終わってみると、痛惜の念を感じずにはいられないのだろう。

「悲しむべき戦いではありましたが、我が軍は勝ちました。敵の先遣部隊に多大な損害を与え、撃退したのです。北海の制海権は我が軍のものになったと判断できます」

首席参謀アーサー・コリンズ大佐の言葉に、ソマーヴィルはかぶりを振った。

「敵輸送船団の動向が不明だ。同部隊の入港を許すようなことがあれば、作戦は失敗したと言わざるを得ない」

その言葉を待っていたかのように、通信参謀マイケル・ノーランド中佐が報告した。

「友軍機のものと推定される通信を傍受《ぼうじゅ》しました。日本軍の暗号電文であるため、内容は友軍に問い合わせる必要があります」

「代わって下さい」

加倉井は、艦内電話の受話器を取った。

「ダイドー」の通信長に、「遣欧艦隊司令部に繋いで下さい」と依頼した。

五分後、加倉井は受話器を置き、ソマーヴィルに報告した。

「受信された暗号電文は、味方索敵機のものです。敵の輸送船団は、エジンバラの東方二四〇浬地点を西に向かっていましたが、一〇時一二分、東方への反転が確認された、とのことです」

「そうか」

ソマーヴィルが大きく頷いた。

電文が意味するところは明らかだ。英本土に増援部隊と補給物資を運んでいた輸送船団は、護衛の艦隊が敗北したため、引き返したのだ。

英本国艦隊と遣欧艦隊は、作戦目的「英本土への、敵の増援阻止」を達成したと判断できる。

ソマーヴィルは、通信室を呼び出して命じた。

「第三軍に伝えてくれ。『ゲストはホールの前で引き返した』と」

第六章　「ロング・アイランド」事件

1

「リヴァプールの敵は、白旗を掲げたり」

との報告は、七月四日の正午過ぎに、遣欧艦隊司令部に届けられた。

この時点で、遣欧艦隊は第四戦隊の重巡「愛宕《あたご》」に将旗を移している。

去る六月二六日の北海における戦い——連合軍総司令部の公称「エジンバラ沖海戦」で、「武蔵」と姉妹艦「大和」は、敵弾多数を被弾し、副砲、高角砲、飛行甲板等に被害を受けたため、後方に下がったのだ。

「愛宕」は遣欧艦隊が編成された当時の旗艦であり、小林宗之助司令長官以下の幕僚たちは、古巣に戻った形になっていた。

「降伏には、英本国艦隊のサリンジャー参謀長が立ち会ったそうです。事実上の無血開城だった、と伝えられました」

芦田優作戦参謀は、「愛宕」の長官公室に参集した幕僚たちや各戦隊の司令官らを前に報告した。

「リヴァプールのドイツ軍は、戦わずして手を上げたのか？」

「ドイツの輸送船団がエジンバラへの入港を断念し、引き返したことで、抗戦を断念したそうです。ドイツ軍の守備隊指揮官は、『補給も増援もない、孤立した地で抗戦を続けても、部下を犬死《いぬじ》にさせるだけだ』との理由で、投降を決断したそうです」

青木泰二郎参謀長の問いに、芦田は答えた。

「ヒトラーは、守備隊の指揮官に降伏も撤退《てったい》も許さず、死守を厳命していたと聞いておりますが」

陸軍参謀の岸川公典中佐が首を傾げた。

あっさり投降するとはドイツ軍らしくない、と言いたげだった。

「ドイツ軍も、皆が皆、ヒトラーの熱烈な崇拝者というわけではあるまい。ヒトラーの命令より、部下の生命を重要視する指揮官もいる。リヴァプールのドイツ軍指揮官は、そのような人物だったということだろう。——我々にとって、ありがたいことにな」

微笑した小林に、芦田は言った。

「ドイツ軍も、置き土産を残していきました。リヴァプールには、約五〇〇個と見積もられる機雷が敷設されており、すぐに港が使える状態ではありません。英本国艦隊からは、我が軍にも掃海艇を派遣して欲しいとの要請が来ております」

「いいだろう。掃海隊をリヴァプールに派遣するよう、手配してくれ」

お安い御用《ごよう》だ、と言いたげに、小林は頷いた。

「ドイツ軍は、これからどう出て来るでしょうか？エジンバラ沖海戦は我が軍が勝ちましたが、ドイツが英本土に輸送しようとしていた増援部隊や補給物資は無傷で残っています。ヒトラーが、英本土を簡単に明け渡すとは思えませんし、再度の部隊輸送を試みるのではないでしょうか？」

高田利種首席参謀が発言し、藤田正路砲術参謀が続けた。

「気がかりなのはドイツ艦隊の本隊、すなわち大海艦隊が、ほぼ無傷の状態で残っていることです。『大和』『武蔵』が修理のため、後方に下がっている現在、『ビスマルク』『ティルピッツ』に出て来られると、我が方は苦戦を免れません」

「そのときは、機動部隊が出ます」

会議に出席している第三艦隊司令長官の小沢治三郎中将が、自信ありげな笑みを浮かべて言った。

「戦艦の相手は戦艦が務めなければならない、という法はありません。『ビスマルク』も『ティルピッツ』も、機動部隊の艦上機で葬り去って御覧に入れましょう」

第三艦隊は、英本土の敵飛行場を制圧した後、一旦ジブラルタルに後退し、艦上機隊の再編成を実施している。

現在は、第二部隊と第三部隊――正規空母四隻、小型空母五隻が待機中だ。

大小九隻の空母があれば、ドイツ戦艦を航空攻撃のみで沈めることは可能です、と小沢は言い切った。

「戦艦を航空攻撃のみで沈めることは可能、とはよく言われることだが、現実に航空攻撃のみで戦艦を撃沈した戦例はないぞ。英海軍は、イタリアのタラント軍港を奇襲し、戦艦を着底させたが、停泊中の艦を攻撃したものだ。洋上で作戦行動中の戦艦とはわけが違う」

小林は不安げな表情を浮かべた。

砲術を専門とし、大艦巨砲主義の信奉者である身としては、小沢の言葉に手放しで賛同はできかねるようだ。

「撃沈にまでは至らなくとも、上部構造物に大きな打撃を与えて戦闘不能に追い込むことは可能です。作戦目的は敵戦艦の撃沈ではなく、英本土の奪回ですから、敵戦艦に妨害行動を取らせなければ、作戦目的は達成できます」

「いいだろう。状況次第だが、機動部隊によるドイツ艦隊への攻撃も、選択肢の一つとしよう」

「敵戦艦以上に気がかりな存在があります」

英軍連絡将校のニール・C・アダムス中佐が、机上に広げられている欧州要域図を指した。

フランスの大西洋岸にあるビスケー湾だ。

「ドイツ海軍は、地中海からUボートを引き上げた後、ドイツ本土のキール、ブレーマーハーフェンとフランスのビスケー湾岸にある複数の港を潜水艦の基地に定めております。これらの基地を叩き、Uボートの活動を封じ込めねば、イギリス第三軍や日本陸軍部隊への補給線を脅かされることになります」

「今すぐには無理だ。大陸欧州に接近するとなれば、大規模な反撃を覚悟しなければならない。大西洋岸のUボート基地を叩くとしても、一連の戦いで消耗した兵力を回復してからだ。Uボートに対しては、当面対潜部隊の奮戦に頼る以外にあるまい」

小林が応え、小沢も同調した。

「同感ですな。欧州の大西洋岸に配備されているドイツの空軍部隊を撃攘《げきじょう》し、Uボートの基地を叩くとなりますと、我が国と英国の全空母が総力を挙げて、作戦に臨まねばなりますまい」

それに対して、アダムスが何かを言いかけたとき、艦内電話が鳴った。

蔵富一馬通信参謀が受話器を取り、数語のやり取りを交わしてから報告した。

「北海方面で敵情を探っている索敵機から、緊急信が入りました。『我、敵機ノ攻撃ヲ受ク。速度極メテ大』とまで打電したところで途切れています」

2

緊急信を送って来たのは、第二二航空戦隊の指揮下にある艦上偵察機「彩雲」だった。

本来は空母で運用され、洋上の敵艦隊を捜索・発見することを主任務とするが、航続距離が落下式増槽付で一八六〇浬と長く、英本土周辺の索敵任務に最適と判断されたことから、マン島の飛行場に六機が配備されたのだ。

最大時速の六〇九キロは、ドイツの主力戦闘機メッサーシュミットBf109やフォッケウルフFw190Aに比べて、特に高速とは言えない。敵戦闘機に捕捉されたら、撃墜される危険が大きい。

それでも、二年前に制式化された二式艦上偵察機に比べれば生存確率が高いことから、前線で使用されていた。

この日、彩雲の機長と操縦員を務める有坂武夫《ありさかたけお》中尉は、六〇〇〇メートルの高度からドイツ本土上空に進入し、ヴィルヘルムスハーフェンに接近した。

有坂も、偵察員の宮本明《みやもとあきら》上等飛行兵曹と電信員の間貫二郎《はざまかんじろう》一等飛行兵曹も、絶えず周囲に目を配っている。

彩雲の進入は、既に電探によって察知されているはずだ。いつ、敵戦闘機が現れてもおかしくない。

「多数の輸送船が見えます。数は四〇隻以上」

宮本が伝声管を通じて、港内の状況を報告した。

「軍艦はどうだ?」

「駆逐艦と思われる小型艦が一〇隻程度、他に哨戒艇か駆潜艇らしき艦艇が二〇隻ほど見えます。大中型艦の姿はありません」

「撮影しろ。終わり次第、離脱する」

宮本の報告を受け、有坂は命じた。

エジンバラへの入港を断念し、ヴィルヘルムスハーフェンに引き返した船団が、そのまま港に留まっているのだろう、と有坂は想像している。

この船団が再び英本土に向かうのか、あるいは他の戦線に転用されるのかは分からない。

敵の動きをどう読むかは、遣欧艦隊のお偉方に任せればいい。自分たちは情報を持ち帰るだけだ。

「撮影終了。一〇枚を撮りました」

「よし、帰還する」

有坂は返答し、操縦桿を左に傾けた。

彩雲は、速力と航続性能に重点を置いて設計されたため、運動性能は非常に低い。

機体を僅かに傾け、大きな円弧《えんこ》を描いて、機首をまっすぐ西に向ける。

北海を東から西に横断し、英本土上空を突っ切って、マン島の飛行場に帰還するのだ。

恐れていた敵戦闘機の出現も、対空砲火もない。このまま、離脱できると思っていたが——。

「敵機、後ろ上方!」

間の叫びが、伝声管を通じて響いた。

有坂は、即座にエンジン・スロットルを開いた。

国産の二〇〇〇馬力級エンジン、中島《なかじま》「誉《ほまれ》」二一型が力強い咆哮を上げ、彩雲の機体が加速された。

性能試験では、艦上戦闘機の炎風を振り切ったこともある機体だ。

速度計の針が時計回りに回転し、エンジン音と風切り音がコクピットを満たす。

Ｂｆ１０９やＦｗ１９０Ａは、最高速度は彩雲より上だが、航続距離が短く、長時間の追跡はできない。

北海は曇りがちであり、雲の中に逃げ込む手も使える。

有坂は、これまでに行った三度の偵察行で、全て敵戦闘機を撒いて逃げ切ったのだ。

今回も、そうなると信じていたが――。

「速い！　追いつかれる！」

間が、悲鳴じみた声を上げた。

有坂も、背後に殺気を感じた。操縦桿を、僅かに左に倒した。

真っ赤な拳を思わせる曳痕が、彩雲の右翼端をかすめて前方に抜ける。

直後、敵機が彩雲の頭上をかすめ、前方へと抜ける。

恐ろしいほどの速度性能だ。機影はみるみる小さくなり、ごま粒のようになる。機体形状を見極める余裕もない。

「間、二二航戦司令部に打電。『我、敵機ノ攻撃ヲ受ク。速度極メテ大。新式ト認ム。一一四六《ヒトヒトヨンロク》』」

有坂は、早口で間に命じた。

敵機の形状は見極められなかったが、彩雲との間には、時速にして二〇〇キロ以上の速力差がある。あれほどの高速機が存在するとの情報はない。新型機と見て間違いない。

有坂は、左前方にわだかまる雲に機首を向けた。敵機から姿を隠すべく、最高速度で突進した。

「敵機、来ます。右前方！」

今度は宮本が叫ぶ。

有坂は、ちらと右前方に視線を向ける。

敵の機影が、信じられないほどの勢いで拡大する。新型機との判断に間違いはない。鮫《さめ》のような鼻面も、両翼に装備した二基のエンジンも、初めて見るものだ。

何よりも、敵機にはプロペラがなかった。

敵機の機首に、発射炎が閃く。

真っ赤な曳痕が、有坂機の後方を通過する。

速力差を考えれば、容易く墜とされても不思議はないが、敵の搭乗員も、新型機の速度感覚に慣れていないのかもしれない。

敵機が彩雲の後方を抜ける。

間が七・七ミリ旋回機銃を放ったのだろう、連射音が響いたが、射弾が敵機を捉えることはなかった。

有坂は、なおも雲を目指した。

もう距離はほとんどない。逃げ切れると確信した。

「敵機、来ます！」

宮本の絶叫が届いたとき、風防ガラスが曳痕の色を反射し、赤く染まった。

けたたましい破壊音と共に、有坂は後頭部を力任せに殴られるような衝撃を感じ、瞬時に意識を失った。

敵機の機首から放たれた大口径弾にコクピットを粉砕され、搭乗員全員を失った彩雲は、風防ガラスや計器類の破片を撒き散らしながら、真っ逆さまに北海の海面へと墜落していった。

3

七月六日、アメリカ合衆国海軍の航空母艦「ロング・アイランド」「チャージャー」は、二〇隻の輸送船と共に、イタリアのタラントに入港しようとしていた。

ピエトロ・バドリオ元帥の政府を援助する軍需物資を運んで来たのだ。

輸送船には、戦車、装甲車、火砲等の陸戦兵器と燃料、弾薬、医薬品等の補給物資が積まれ、「ロング・アイランド」「チャージャー」は、イタリア軍に供与する軍用機を運んでいる。

格納甲板は言うに及ばず、飛行甲板にも、機首が尖った液冷エンジン装備の機体が敷き並べられている。

アメリカ空軍の装備機であるノースアメリカンP51〝ムスタング〟とベルP39〝エアラコブラ〟だ。

アメリカは長い間、空軍長官チャールズ・リンドバーグの反対により、空軍機は輸出しないとの方針を堅持《けんじ》していた。

だが、世論の後押しと大統領トーマス・E・デューイの決断によってソ連への供与が開始され、それを皮切りに、イタリア・バドリオ政府やイギリス正統政府への売却も始まったのだ。

「ロング・アイランド」は、合衆国が初めて建造した商船改装の護衛空母で、輸送船団の護衛や航空機の輸送を主任務とする。速力は最大一六ノットと低速で、搭載機数も少ないが、運用実績は良好で、この艦より得られたデータやノウハウが、以後に建造された護衛空母に反映された。

「チャージャー」は二隻目の護衛空母で、イギリスへの供与を目的として建造されたが、イギリス本国の降伏に伴い、合衆国海軍に編入されたという経緯がある。

両艦とも、当初はイギリス、日本に供与する航空機の輸送任務に充てられていたが、現在はバドリオ政府支援の任に就いていた。

「どうやら、無事に入港できそうですね。ジブラルタル海峡を通過する前あたりから、雷撃を食らうんじゃないかと冷や冷やしていましたが」

「ロング・アイランド」の艦橋では、砲術長のジム・マッコーネル少佐が艦長エドワード・O・マクドネル大佐に話しかけている。

「今の状況下で合衆国に手を出すほど、ヒトラーは愚《おろ》かではないだろうが、最前線にいるUボートの乗員が、緊張に耐えかねて目標を見誤《みあやま》る可能性はあるからな」

マクドネルは小さく笑った。

合衆国の国内では、対独参戦を求める世論が支配的になりつつある。

ソ連の諸都市に対する戦略爆撃の被害や、ドイツ

の圧制下に置かれているイギリス、フランス等の諸国民に対する同情の声が湧き起こり、議会でも、

「ドイツとの戦いを、イギリスと日本だけに任せていいのか」

「合衆国も即時参戦すべきだ」

と主張する声が上がっているのだ。

デューイ大統領は、慎重な姿勢を崩していない。

合衆国の世論も、参戦支持が一〇〇パーセントを占めているわけではない。

「合衆国はあくまで中立を守るべきだ」

「未来がある合衆国の青年を、旧大陸で死なせてはならない」

と主張する声も無視はできない。

何よりもデューイには、大統領選時の公約がある。

「あなた方の子どもたちを戦場に送り込むことは、決してない」

との公約が。

これが、今なお合衆国政府を縛《しば》っている。

ただし、ドイツが先に仕掛けて来た場合には話が異なる。

デューイはそれを奇貨《きか》として、参戦に踏み切るはずだ。

ヒトラーもそれを理解しているからこそ、合衆国の艦船には、一切手を出さないのだ。

だが洋上では、連合国の艦船と中立国の艦船の見分けが付きにくい。

大西洋や地中海に展開するUボートが、連合国の艦船と中立国の艦船を間違えて攻撃して来る可能性は多分にある。

二隻の空母と二〇隻の輸送船は、潜航中のUボートにもアメリカ国籍であることがはっきり分かるよう、舷側に大きく星条旗を描いていたが、誤認され、雷撃を受ける危険はゼロではない。

Uボートの雷撃を受けることなく、目的地に到着したことで、マクドネルは出港以来の緊張を緩めていた。

アメリカ海軍 護衛空母「ロング・アイランド」

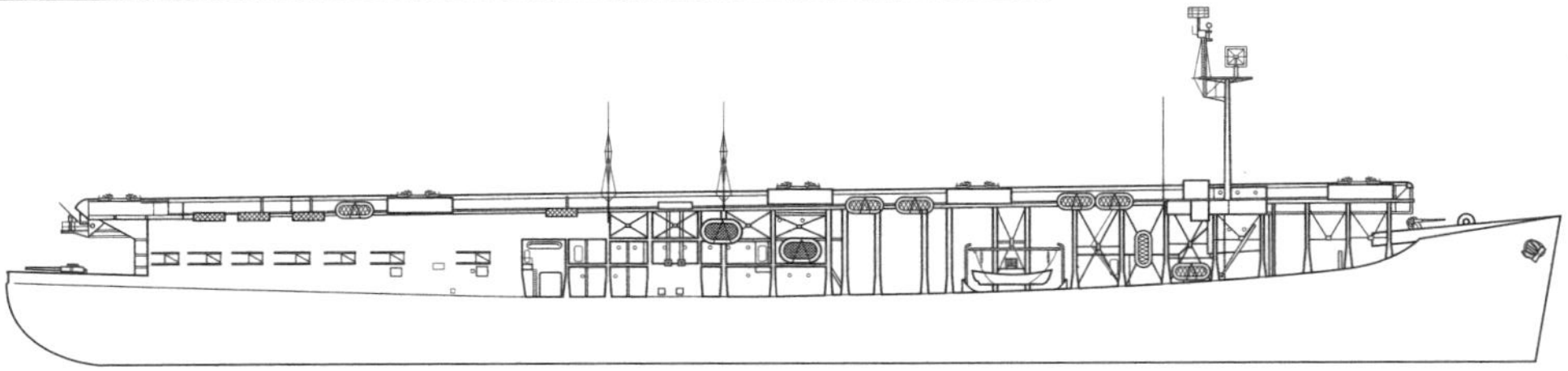

全長	150.0m
最大幅	31.1m
基準排水量	7,886トン
主機	ディーゼル 1基／1軸
出力	8,500馬力
速力	16.5ノット
兵装	12.7cm 51口径 単装砲 1門 7.7cm 50口径 単装高角砲 2門 20mm 単装機銃 4丁
航空兵装	21機
乗員数	970名
同型艦	アーチャー

アメリカが建造した商船改造空母。アメリカ海軍は、欧州情勢が風雲急を告げるなか、将来的に船団護衛空母が不足すると予測。平時は貨物船として運用し、有事の際は短期間で空母に改装できる貨物船を建造することとした。本艦は、規格型貨物船モーマックメールとして1940年春に竣工。貨客船として用いられた。その後、1941年３月に海軍に買収され、わずか３ヶ月で空母への改装工事を終え、護衛空母として就役した。しかし、最大速力が16ノット強に過ぎないことから、F4F艦上戦闘機より大型の艦戦、艦爆、艦攻の運用は難しかった。今後、新開発の油圧式カタパルトの搭載が決まっており、実装後は大型機の運用も可能になるとされる。現在は、武器供与先への航空機運搬船としての用途が主となっているが、安定性、居住性に優れ、現場からの評価は高い。

「右前方より駆逐艦。イタリア海軍の艦です」

艦橋見張員が報告した。

マクドネルは、右前方を見た。

イタリアの軍艦旗を掲げた駆逐艦が一〇隻、白波を蹴立てながら接近して来る。

「任務は、対潜哨戒でしょうね」

「Uボートは今や敵、というわけか」

マッコーネルの言葉に、マクドネルは応えた。

バドリオ政府とムッソリーニ政府の内戦が始まった後、イタリア海軍はバドリオ政府に従うとの立場を鮮明にしたが、戦闘にはほとんど参加していない。

イタリアの内戦は、主として内陸で繰り広げられており、海軍が参加する余地がないためだ。

ただし、ムッソリーニ政府を後押しするドイツが、バドリオ政府軍を攻撃して来る可能性はある。

このためイタリア海軍は、タラント湾やアドリア海、ティレニア海に駆逐艦を繰り出し、かつての味方であるUボートの掃討に当たっていた。

「イタリア艦隊に信号。『幸運を祈る《グッド・ラック》』」

マクドネルが命じ、「ロング・アイランド」の信号灯が点滅を始めたときだった。

出し抜けに、駆逐艦一番艦の艦首から飛沫が上がり、火焔が湧き出した。炸裂音が「ロング・アイランド」の艦橋にまで届き、艦が大きくよろめいた。

「Uボートか！」

マクドネルは、思わず叫んだ。

現在位置はタラント湾の最奥部だ。港口付近にあるサン・ピエトロ島が、肉眼で見えている。

Uボートの艦長の中には、敵の艦隊泊地にまで進入する猛者が少なくないというが、彼らはタラントの間近にまで忍び込んだのか。

「『チャージャー』より通信。『船団針路三一五度』」

通信室より報告が上げられた。

船団の指揮を執るトーマス・L・スプレーグ少将の指示だ。

合衆国はあくまで中立であるから、イタリア艦隊とUボートとの戦いに巻き込まれるわけにはいかない。

戦場を大きく迂回し、サン・ピエトロ島の西側を抜けて、タラントへの入港を目指すつもりであろう。

「取舵一杯。針路三一五度」

「取舵一杯。針路三一五度！」

マクドネルの命令に、航海長デビッド・シュレーダー中佐が復唱を返し、操舵室に指示を送った。

右舷前方の海面では、イタリア軍の駆逐艦が散開し、Uボートの捜索を開始している。

五ノット程度の速力で航進し、Uボートの推進機音を捉えるのだ。

舵が利き始め、「ロング・アイランド」の艦首が左に振られたとき、艦首から盛大な飛沫と共に、突き上がるような衝撃が襲った。艦橋が一瞬、後ろに仰け反り、全員が大きくよろめいた。

揺り戻しが起こり、「ロング・アイランド」が大きく前にのめった。

先の衝撃で、機体を固縛《こばく》していたワイヤーが切断されたのか、艦首甲板付近に固定されていた供与機――P51〝ムスタング〟が、塩害防止用のカバーもろとも、次々と海面に転落し、盛大な水音を立てた。

このときには、「ロング・アイランド」の艦体は前にのめったまま、停止している。

僅かずつではあるが、艦首は沈下を続けているようだ。

「ダメージ・コントロール・チーム、艦首に被雷した！　消火、防水急げ！」

緊急事態を告げる警報《アラーム》が鳴り響き、艦内が騒然となる中、マクドネルはダメージ・コントロール・チームのチーフを務めるアイザック・メイヤー少佐に命じた。

「なんてこった……！」

シュレーダー航海長が顔を歪め、毒づいた。

入港寸前で、このような災厄に見舞われるとは――そんな悔しさが、表情と声に滲《にじ》み出していた。

「助かるかどうか、微妙だな」

マクドネルは呟いた。

「ロング・アイランド」は商船からの改装艦だ。水密構造になってはいるが、軍艦並の強度は持たない。たった今の被雷で、相当に大きな破孔を穿たれたのではないか。

ほどなく、メイヤーから報告が上げられた。

「浸水は、前部格納甲板直下まで拡大。食い止められそうにありません」

「了解した。全員、艦底部から避退せよ」

やはり――そんな思いを抱きつつ、マクドネルは命じた。

被雷した時点から、沈没を予感していたのだ。設備が生きているうちに――そう考え、マクドネルは艦内放送用のマイクを取った。

「総員退艦。繰り返す。総員退艦。退艦に際しては、極力艦尾から飛び込むように留意せよ。以上！」

マイクを置き、シュレーダーやマッコーネルら幹部乗組員に命じる。

「君たちも早く行け。あまり長くは保たんぞ」

「わ、分かりました」

シュレーダーが敬礼し、マッコーネルも続いた。

マクドネルは、一番最後に艦橋を後にする。艦と運命を共にするつもりはないが、全乗員の退艦を見届けるまで、艦から離れるわけにはいかない。

「本艦と共に、ヒトラーも沈む」

飛行甲板に降りながら、マクドネルは呟いた。

先の世界大戦時、ドイツが採った無制限潜水艦作戦が、合衆国参戦の引き金となった。

Uボートが撃沈したイギリスの豪華客船「ルシタニア号」のアメリカ人乗客が死亡したことから、合衆国がドイツに宣戦を布告したのだ。

今度はイギリスの豪華客船ではなく合衆国の船、それも軍艦が明白な攻撃を受けたのだ。

参戦事由としては、充分過ぎるほどだ。

「『ロング・アイランド』被雷」の報を受けたデュ

ーイ大統領は、決然たる表情と声で、合衆国の参戦決議を議会に求めることだろう。

この一件は後世、合衆国の参戦を招いた二大海難事件として、「ルシタニア号事件」と並び称されるであろうことを、マクドネルは確信していた。

【第六巻に続く】

ご感想・ご意見は
下記中央公論新社住所、または
e-mail：cnovels@chuko.co.jpまで
お送りください。

C★NOVELS

連合艦隊西進す《れんごうかんたいせいしん》5
――英本土奪回《えいほんどだっかい》

2023年4月25日　初版発行

著　者　横山《よこやま》　信義《のぶよし》

発行者　安部　順一

発行所　中央公論新社
〒100-8152　東京都千代田区大手町1-7-1
電話　販売　03-5299-1730　編集　03-5299-1930
URL https://www.chuko.co.jp/

ＤＴＰ　平面惑星

印　刷　三晃印刷（本文）
大熊整美堂（カバー・表紙）

製　本　小泉製本

Published by CHUOKORON-SHINSHA, INC.
Printed in Japan　ISBN978-4-12-501465-4 C0293

連合艦隊西進す 1
日独開戦

横山信義

ソ連と不可侵条約を締結したドイツは勢いのままに大陸を席巻、英本土に上陸し首都ロンドンを陥落させた。東アジアに逃れた英艦隊は日本に亡命。これによりヒトラーの怒りは日本に波及した。

ISBN978-4-12-501456-2 C0293 1000円

カバーイラスト 高荷義之

連合艦隊西進す 2
紅海海戦

横山信義

亡命イギリス政府を保護したことで、ドイツ第三帝国と敵対することになった日本。第二次日英同盟のもとインド洋に進出した連合艦隊は、Uボートの襲撃により主力空母二隻喪失という危機に。

ISBN978-4-12-501459-3 C0293 1000円

カバーイラスト 高荷義之

連合艦隊西進す 3
スエズの彼方

横山信義

英本土奪回を目指す日本・イギリス連合軍にはスエズ運河を押さえ、地中海への航路を確保する必要がある。だが連合軍の前に、北アフリカを堅守するドイツ・イタリア枢軸軍が立ち塞がる！

ISBN978-4-12-501461-6 C0293 1000円

カバーイラスト 高荷義之

連合艦隊西進す 4
地中海攻防

横山信義

ドイツ・イタリア枢軸軍を打ち破り、次の目標である地中海制圧とイタリア打倒に向かう日英連合軍。シチリア島を占領すべく上陸船団を進出させるが、枢軸軍がそれを座視するはずもなく……。

ISBN978-4-12-501463-0 C0293 1000円

カバーイラスト 佐藤道明

表示価格には税を含みません

烈火の太洋 1
セイロン島沖海戦

横山信義

昭和一四年ドイツ・イタリアとの同盟を締結した日本は、ドイツのポーランド進撃を契機に参戦に踏み切る。連合艦隊はインド洋へと進出するが、そこにはイギリス海軍の最強戦艦が——。

ISBN978-4-12-501437-1 C0293　1000円

カバーイラスト　高荷義之

烈火の太洋 2
太平洋艦隊急進

横山信義

アメリカがついに参戦！　フィリピン救援を目指す米太平洋艦隊は四〇センチ砲戦艦コロラド級三隻を押し立てて決戦を迫る。だが長門、陸奥という主力を欠いた連合艦隊に打つ手はあるのか⁉

ISBN978-4-12-501440-1 C0293　1000円

カバーイラスト　高荷義之

烈火の太洋 3
ラバウル進攻

横山信義

ラバウル進攻命令が軍令部より下り、主力戦艦を欠いた連合艦隊は空母を結集した機動部隊を編成。米太平洋艦隊も空母を中心とした艦隊を送り出した。ここに、史上最大の海空戦が開始される！

ISBN978-4-12-501442-5 C0293　1000円

カバーイラスト　高荷義之

烈火の太洋 4
中部ソロモン攻防

横山信義

海上戦力が激減した米軍は航空兵力を集中し、ニューギニア、ラバウルへと前進する連合艦隊に対抗。膠着状態となった戦線に、山本五十六は新鋭戦艦「大和」「武蔵」で迎え撃つことを決断。

ISBN978-4-12-501448-7 C0293　1000円

カバーイラスト　高荷義之

烈火の太洋 5

反攻の巨浪

横山信義

米軍の戦略目標はマリアナ諸島。連合艦隊はトラックを死守すべきか。それとも撃って出て、米軍根拠地を攻撃すべきか？　連合艦隊の総力を結集した第一機動艦隊が出撃する先は――。

ISBN978-4-12-501450-0 C0293　1000円

カバーイラスト　高荷義之

烈火の太洋 6

消えゆく烈火

横山信義

トラック沖海戦において米海軍の撃退に成功したものの、連合艦隊の被害も甚大なものとなった。彼我の勢力は完全に逆転。トラックは連日の空襲に晒される。そこで下された苦渋の決断とは。

ISBN978-4-12-501452-4 C0293　1000円

カバーイラスト　高荷義之

荒海の槍騎兵 1

連合艦隊分断

横山信義

昭和一六年、日米両国の関係はもはや戦争を回避できぬところまで悪化。連合艦隊は開戦に向けて主砲すべてを高角砲に換装した防空巡洋艦「青葉」「加古」を前線に送り出す。新シリーズ開幕！

ISBN978-4-12-501419-7 C0293　1000円

カバーイラスト　高荷義之

荒海の槍騎兵 2

激闘南シナ海

横山信義

「プリンス・オブ・ウェールズ」に攻撃される南遣艦隊。連合艦隊主力は機動部隊と合流し急ぎ南下。敵味方ともに空母を擁する艦隊同士――史上初・空母対空母の大海戦が南シナ海で始まった！

ISBN978-4-12-501421-0 C0293　1000円

カバーイラスト　高荷義之

表示価格には税を含みません